UNE ÉTRANGE ODEUR D’ABSINTHE

ISBN 2-88194-059-5
9782881940590

André Besson

UNE ÉTRANGE ODEUR D'ABSINTHE

Roman

ÉDITIONS MON VILLAGE, VULLIENS, SUISSE

A la mémoire de mon ami
Frédéric DARD,
en souvenir des années
où j'étais auteur
des Editions Fleuve Noir.

André Besson

CHAPITRE 1

On était à la mi-mai. Un drôle de printemps. Depuis le début du mois d'avril, il n'avait presque pas cessé de pleuvoir. Les champs regorgeaient d'eau. Les fossés pleins jusqu'à ras bords sortaient par endroits de leur lit et s'épandaient sur la route.

Charles Poinsot roulait à allure modérée sur son vieux vélomoteur, le col de l'imperméable relevé, la visière du casque abaissée, cherchant à se protéger des bourrasques qui le cinglaient par le travers.

Il était vingt heures quarante-cinq. La circulation en direction de Montbéliard était plus fluide que durant la journée. Seuls quelques véhicules utilitaires ou de tourisme le croisaient ou le dépassaient parfois et en faisaient sortir des ténèbres pendant quelques secondes un décor de taillis sombres tourmentés par le vent.

Depuis qu'il avait quitté les dernières maisons de Ronval, le village où il résidait, pour s'engager sur la départementale menant à la périphérie de la Cité des Princes, le surveillant sentait grandir en lui une angoisse irrépressible. Cette peur confuse, animale, serrait ses entrailles, taraudait son esprit.

Il ne pouvait s'empêcher de mesurer les conséquences possibles de l'acte qu'il s'apprêtait à accomplir. Il se demandait s'il n'était pas encore temps de faire marche arrière? De rebrousser chemin, de rentrer chez lui? Il téléphonerait à l'agence en prétextant qu'il était souffrant afin qu'on envoie sur place, cette nuit-là, un remplaçant.

Mais cette échappatoire n'était pas possible. Il le savait. Il ne pouvait plus se dérober. Il avait accepté un acompte pour le «service» qu'on attendait de lui. Or, cet argent trop rapidement empoché, il ne pouvait pas le rendre car il était déjà en grande partie dépensé.

Charles Poinsot avait remis les deux mille euros à sa femme en lui disant qu'il venait de les gagner au tiercé. Elle en avait aussitôt profité pour éponger quelques ardoises chez des commerçants et régler plusieurs traites en retard.

Ces deux mille euros, il se reprochait amèrement de les avoir acceptés cinq jours auparavant. Sans cela, il aurait pu passer son chemin au carrefour des Trois Chênes et rejoindre comme chaque soir son lieu de travail. Au lieu de cela, il lui faudrait s'arrêter à l'endroit prévu pour le rendez-vous afin d'y recevoir les instructions de l'homme à la Mercedes grise.

Le vigile devinait trop bien ce qu'on allait lui demander. Sans doute beaucoup plus que ce qui était prévu au départ. A la réflexion, il s'était dit que si on lui avait versé cette somme rondelette et promis le double à l'issue de l'opération, ce ne serait probablement pas pour des broutilles. Le marché devait comporter un piège qu'il n'avait pas décelé immédiatement car il avait été aveuglé par l'appât d'un gain facile.

Tout avait commencé la semaine précédente. Le vendredi matin, tandis qu'il regagnait son domicile après sa nuit de veille dans les entrepôts de la Distillerie Générale de l'Est. En passant au carrefour des Trois Chênes, il avait remarqué une voiture de grosse cylindrée garée sur le parking. Le conducteur en était descendu et lui avait fait signe de s'arrêter. Il avait mis pied à terre en pensant que l'inconnu, un homme de forte corpulence, élégamment vêtu, avait un renseignement à lui demander.

– Vous êtes monsieur Poinsot? avait questionné le type.

– Oui... C'est moi... avait-il répondu, surpris d'être ainsi interpellé par son nom.

– J'aimerais m'entretenir un instant avec vous. Voulez-vous monter à bord de ma voiture? Nous y serons mieux pour causer...

De plus en plus étonné, Charles Poinsot avait acquiescé et pris place dans la Mercedes aux sièges de cuir neufs.

L'autre s'exprimait d'une voix calme, avec un fort accent méridional. Il était entré tout de suite dans le vif du sujet:

– Monsieur Poinsot, vous ne me connaissez pas mais, moi, je sais très bien qui vous êtes. Vous avez quarante et un ans, vous êtes ancien militaire. Vous portez une prothèse à la jambe gauche à la suite d'une blessure contractée en Bosnie. Vous avez quitté l'armée avec le grade de sergent-chef et une petite pension d'invalidité. Mais le temps étant dur, pour élever vos quatre enfants encore d'âge scolaire, vous avez pris un emploi de vigile dans une société qui s'occupe du gardiennage des entrepôts de la Distillerie Générale de l'Est. Tout cela est-il bien exact?

L'énoncé de ce curriculum vitae étant la rigoureuse réalité, l'ancien militaire avait opiné du chef non sans se demander pour quelle raison son interlocuteur s'était aussi bien renseigné sur lui.

– Les temps sont durs pour tout le monde, encore plus pour les pères de famille nombreuse. Malgré votre pension et votre salaire, je sais que vous ne roulez pas sur l'or, monsieur Poinsot. C'est pourquoi, au lieu de m'adresser à un autre de vos collègues, j'ai préféré vous contacter en pensant que vous seriez sans doute intéressé par une affaire. Une très bonne affaire. Que diriez-vous si je vous proposais d'empocher quatre mille euros?

Le vigile avait tout d'abord pensé que l'autre se moquait de lui. Comme il ne répondait pas, le Méridional avait poursuivi:

– En échange de cette somme, je vous demanderai évidemment de me rendre un petit service...

– Quel service?

– Avant toute chose, répondez-moi franchement monsieur Poinsot: Voulez-vous gagner facilement quatre mille euros?

– Dame! Si c'est si facile que vous le dites, je ne vois pas pourquoi je refuserais une somme pareille?

– Dans ce cas, je crois que nous serons vite d'accord pour le reste. Je vous remettrai immédiatement deux mille euros à titre d'acompte, l'autre moitié le sera à la fin du service rendu.

Comme pour bien montrer sa bonne foi, l'inconnu avait sorti deux liasses de cent euros de sa boîte à gants et les avait posées au-dessus du tableau de bord de la Mercédes.

– L'affaire qui m'intéresse, avait-il expliqué ensuite, concerne les entrepôts que vous surveillez... Je désirerais y pénétrer une de ces prochaines nuits pour y effectuer... disons... un petit prélèvement d'échantillon...

Bien qu'il eût immédiatement compris ce que l'autre voulait, le gardien avait objecté d'une voix mal assurée:

– Ce... Ce que vous me demandez est interdit par le règlement... Nous... Nous n'avons pas le droit de laisser pénétrer quelqu'un à l'intérieur... Et puis il y a les systèmes d'alarme, les caméras... Sans compter les chiens...

– Je sais bien qu'on n'entre pas aisément dans la place. C'est la raison pour laquelle je vous offre quatre mille euros, afin de m'en faciliter l'accès. Vous devrez au préalable couper l'électricité, le téléphone, mettre les caméras hors jeu et enfermer les chiens. Il vous suffira ensuite de m'ouvrir le portail.

– Mais moi?... Après... J'aurai des tas d'ennuis...

L'homme avait souri et balayé d'un geste cette objection.

– Vous pensez bien que j'ai tout prévu. Je vous ligoterai avant de partir de telle sorte qu'on pensera que vous avez cédé à la force. Personne ne songera à vous soupçonner.

Charles Poinsot avait réfléchi un instant avant de poser cette nouvelle question:

– Qu'est-ce que vous voulez donc en faire de cet... échantillon?

– Je suis ingénieur chimiste. J'ai besoin d'alcool pur pour mes recherches. Celui de la Distillerie Générale de l'Est est particulièrement affiné et correspond à mes travaux en cours.

– Pourquoi ne demandez-vous pas une attribution officielle?

– Vous savez bien que le marché de l'alcool est très réglementé par l'Etat. On n'en obtient pas facilement un contingent. D'autre part, comme mes recherches sont très confidentielles et que je ne tiens pas à en divulguer la nature avant d'avoir déposé les brevets correspondants à mes découvertes, il m'est difficile d'en parler.

Le vigile n'ignorait pas ce détail. L'alcool produit à Montbéliard servait surtout dans les laboratoires officiels, en particulier ceux de l'armée. C'est la raison pour laquelle les cuves des entrepôts étaient surveillées jour et nuit comme s'il s'agissait des coffres de la Banque de France.

– Alors? Que décidez-vous monsieur Poinsot?

Le veilleur de nuit avait esquissé un geste d'incertitude.

– Allons, n'ayez donc pas de craintes ni de scrupules ridicules. Cet alcool, il en part chaque semaine des dizaines et des dizaines de milliers de litres. Moi je n'en ai besoin que d'une toute petite quantité pour mes recherches...

Comme le gardien hésitait encore, l'homme à la Mercedes avait récupéré les deux liasses de billets. Il avait conclu sèchement l'entretien en disant:

– Eh bien, tant pis! Puisque vous ne semblez pas intéressé par ma proposition, je m'adresserai ailleurs. Je pense que, pour cette somme, d'autres se montreront moins timorés que vous!

Au moment où l'inconnu allait remettre les deux mille euros dans la boîte à gant, Poinsot avait arrêté son geste.

– C'est bon, j'accepte... Mais à une condition...

– Laquelle?

– C'est que vous me donniez votre parole que cette histoire ne m'occasionnera pas d'ennuis par la suite!

Un large sourire avait découvert la denture en or du Méridional. Il avait esquissé un clin d'œil complice et ajouté avec une grande conviction:

– Rassurez-vous. Tout se passera discrètement. Vous n'avez rien à craindre. Je vous le jure sur l'honneur. Je n'ai d'ailleurs pas moi-même intérêt à avoir plus tard des ennuis avec cette affaire!

L'homme avait ensuite tendu les deux liasses d'euros au vigile, qui s'était empressé de les empocher.

Pendant les deux jours suivants, Charles Poinsot avait gardé son secret pour lui seul sans toucher un billet du magot.

Mais le lundi matin, en entendant sa dépensière de femme se plaindre une nouvelle fois de ne pas avoir assez d'argent pour terminer le mois, il lui avait remis les deux mille euros en lui disant qu'il venait de les toucher au tiercé. Il avait même ajouté qu'on lui avait confié un bon tuyau et que prochainement il comptait gagner encore un vrai pactole dans une autre course.

C'est ainsi qu'il avait mis définitivement le doigt dans l'engrenage. En disposant, pour régler les dettes du foyer de l'argent donné par l'inconnu, il s'était enferré un peu plus dans cette histoire bizarre dont il pressentait confusément qu'elle était susceptible de lui valoir beaucoup d'ennuis.

Dans quelques heures, les événements allaient se précipiter. La veille, il avait, en effet, reçu à son domicile une communication téléphonique sans ambiguïté.

– C'est pour la nuit prochaine, monsieur Poinsot, avait annoncé une voix lointaine dont il avait aussitôt reconnu l'accent. Je vous attendrai entre vingt heures trente et vingt et une heures à l'endroit habituel pour une dernière mise au point.

Il avait bafouillé une vague réponse, mais l'autre avait tout de suite raccroché.

Le gardien se dirigeait à présent vers cet ultime rendez-vous. Partagé entre le désir de faire demi-tour pour rentrer chez lui et celui de toucher le reste de la commission.

La pluie tombait toujours d'un ciel d'encre gonflé de nuages. Les bourrasques lui fouettaient la face, l'attaquaient dans de violents assauts qui l'obligeaient à faire des écarts au risque de tomber de sa machine.

Il s'était mis à grelotter. Sans qu'il sût s'il s'agissait de froid ou d'appréhension. Pourtant, comme ancien soldat, il avait souvent, autrefois, affronté le danger. Mais ce n'était pas la peur du combattant qu'il éprouvait ce soir-là. C'était un sentiment diffus de menace, de culpabilité. Il était de plus en plus inquiet. Lui, qui de toute son existence n'avait jamais commis le moindre acte illégal, tremblait à l'idée d'enfreindre le règlement draconien qui régissait les agents de sécurité. La première de ces consignes était qu'il ne fallait jamais tolérer la présence d'une personne étrangère au service, fût-ce celle d'un proche, dans les lieux placés sous surveillance. La moindre entorse à cette règle était sanctionnée par un renvoi immédiat.

De toutes ses forces, le vigile souhaitait que son mystérieux interlocuteur ne fût pas au rendez-vous, ce qui lui donnerait un peu plus de temps pour réfléchir à son problème et tenter d'échapper au piège dans lequel il allait volontairement se jeter.

Soudain, son cœur se mit à battre à un rythme encore plus accéléré. Il venait d'arriver au fameux carrefour des Trois Chênes, le lieu fixé pour la rencontre.

Hélas! Contrairement à son souhait, la Mercedes était bien là. Malgré l'épaisseur de la nuit et le rideau dense de la pluie, il remarqua tout de suite la forme massive du véhicule garé dans un chemin creux, sur la droite à quelques mètres de la route.

Un bref appel de phares lui indiqua que le conducteur de la voiture venait lui aussi de le reconnaître.

Le cyclomotoriste arrêta le moteur de son engin qu'il mit sur béquille avant de se diriger à pied vers la Mercedes.

– Montez! commanda une voix impérative.

Par la vitre entrouverte, il reconnut l'homme qui lui avait remis les deux mille euros. Il était coiffé d'un chapeau et portait un imperméable.

Après une brève hésitation, Charles Poinsot s'installa à côté de l'inconnu, comme il l'avait fait lors de leur première rencontre. Dès qu'il fut assis, le conducteur alluma le plafonnier. C'est alors que le vigile remarqua avec stupéfaction la présence de trois autres types sur la banquette arrière de la voiture. Il ne distingua pas leurs traits mais revit parfaitement ceux du Méridional.

Il s'agissait d'un homme d'une trentaine d'années au corps athlétique. Il avait les cheveux et les yeux sombres, une bouche charnue au dessin accentué par une fine moustache. Sa physionomie générale était avenante mais énigmatique, comme ceux qui dissimulent leur véritable personnalité derrière une fausse jovialité. Son regard dur démentait justement sa bonhomie.

Le conducteur ne fut pas sans remarquer l'étonnement, sinon la gêne éprouvée par son interlocuteur en raison de la présence des trois autres passagers. Il s'empressa de le rassurer:

– Soyez tranquille, monsieur Poinsot. Ces messieurs sont des amis...

Dehors, la pluie redoublait d'intensité. On entendait crépiter l'averse sur la carrosserie.

– Comme prévu, reprit le Méridional, vous allez nous ouvrir les portes de l'entrepôt principal. Quand pensez-vous pouvoir le faire en toute sécurité?

Mis en face de ses responsabilités, le gardien sentit sa gorge se nouer.

– J'ai bien... Bien... réfléchi à ce que vous m'avez demandé, monsieur, bafouilla-t-il. Mais je ne crois pas que ce soit possible...

– Ah bon... C'est nouveau ça? Pourquoi ce ne serait pas possible?

– Parce que si je vous ouvre et si ça se sait, je vais perdre ma place... Peut-être même aller en prison...

– Vous étiez pourtant d'accord l'autre soir?

– Oui... Oui... Mais sur le moment, j'ai pas réalisé...

– Vous avez pourtant accepté l'argent?

– J'aurais pas dû... J'aurais pas dû... Je vous rembourserai cette somme car je suis honnête... Je vous le promets... Je vous le rendrai tant par mois...

Il y eut un silence Un moment de réflexion pour les deux principaux protagonistes.

– Pourquoi tant par mois? questionna le Méridional.

Après un nouveau temps mort, non sans difficulté, Poinsot expliqua:

– Parce que cet argent je ne l'ai plus...

– Qu'est-ce que tu dis?

Le tutoiement accrut encore le trouble du vigile. Il répéta piteusement:

– Non, je n'ai plus l'argent...

– Qu'en as-tu fait?

– C'est ma femme qui l'a dépensé...

L'autre explosa:

– Eh bien, mon salaud, tu manques pas d'air! Je te file deux mille euros et trois jours plus tard, bonjour-bonsoir t'as plus un rond. Ta gonzesse a tout croqué! Alors qu'est-ce que je suis moi, dans cette histoire? Un cave?

– On avait des dettes... A cause des enfants... On les a remboursées. Mais je vous rendrai cet argent. Mois par mois... On se privera... On privera même les gosses s'il le faut... Mais je vous promets que vous serez intégralement remboursé! Je n'ai qu'une parole. Je la tiendrai!

Durant quelques dizaines de secondes, un nouveau silence glacial succéda à ce plaidoyer pathétique. Le conducteur de la Mercedes le rompit brutalement.

– Ecoute bien ce que je vais te dire, mon petit père... Jusqu'ici, tous ceux qui ont essayé de me doubler s'en sont mordu les doigts. Alors c'est inutile d'essayer de m'attendrir avec le pain que tu vas arracher de la bouche de tes chiards. Je ne tiens pas un bureau de bienfaisance. Il faut que tu saches qu'en affaires pour moi, la parole donnée est sacrée. Celui qui ne la tient pas paie au centuple ce qu'il me doit!

– Je vous rembourserai monsieur... Plus rapidement s'il le faut... J'essaierai d'emprunter à des amis...

Le type ne tint pas compte de cette affirmation désespérée.

– Le pognon que ta femme a allègrement claqué, je m'en fous! Ce que j'exige par contre, c'est que tu tiennes ta promesse et que tu m'ouvres cette nuit la lourde de l'entrepôt. Quelles qu'en soient par la suite pour toi les conséquences! T'as compris?

D'une voix qui n'était pas loin des larmes, Charles Poinsot tenta une ultime explication:

– Je voudrais bien monsieur... Mais si je vous ouvre... Je risque de perdre ma place. Vous comprenez?

– Si tu refuses de nous ouvrir, mon vieux, ta place, tu la perdras de toute façon!

– Pourquoi?

– Parce que j'avertirai ton patron. Il saura que tu avais accepté le pognon pour me donner accès à l'intérieur des bâtiments. Tu vois que tu n'as pas intérêt à faire la mauvaise tête avec moi! Alors? Que décides-tu? C'est oui ou merde?

La réponse ne se fit pas attendre longtemps, bien qu'elle fût exprimée sans conviction, du bout des lèvres:

– Oui monsieur... Oui, j'accepte...

– Alors, je me répète: à quel moment penses-tu pouvoir ouvrir la porte?

Le gardien ravala difficilement sa salive et expliqua:

– Ben voilà... Je prends mon service à vingt et une

heures. Mon collègue me passe les consignes et, aussitôt après, je fais ma première ronde...

– Donc à vingt et une heures trente, on devrait pouvoir entrer dans la place?

– Pas sûr...

– Pourquoi?

– Parce que mon collègue reste quelquefois au bureau pour bavarder un peu avec moi. Il est célibataire... Jamais pressé de rentrer chez lui... Il faut que j'attende qu'il soit parti pour faire mon premier tour...

– Tes rondes? Tu ne les effectues dons pas à heures fixes?

– Non. Au contraire, on nous recommande d'en varier les horaires.

– Et les clebs?

C'est un des trois types assis à l'arrière, lesquels étaient tous restés jusqu'ici silencieux, qui venait de poser cette question.

– Ils sont lâchés en permanence la nuit à travers les bâtiments. Il n'y a que mon collègue et moi qui puissions les faire rentrer au chenil.

– C'est bon, reprit le conducteur de la Mercedes, dès que ton pote sera parti, tu les enfermeras. Ensuite, tu mettras le système électronique et les caméras hors circuit et tu ouvriras la grille des quais de chargement.

– Pourquoi la grille? questionna timidement Charles Poinsot. Il y a une petite porte à l'arrière des bâtiments. Elle donne dans une impasse. Elle est plus discrète...

– Non! j'ai dit la grande grille! insista le Méridional.

Un nouveau soupçon effleura l'esprit du vigile.

Pourquoi, s'il ne voulait prélever seulement que quelques échantillons, le type avait-il besoin de passer par l'entrée principale d'où sortaient chaque jour les camions chargés d'alcool? Il n'osa pas poser de nouvelle question. L'entretien s'acheva sur ces mots.

D'un geste sec, le conducteur ouvrit la portière et Poinsot sorti du véhicule. La pluie lui cingla à nouveau le visage.

– En ce qui concerne le reste de la prime, confirma le Méridional, moi je tiendrai parole! Tu l'auras dès que je serai entré en possession de la marchandise! Je te donnerai les deux mille euros, comme prévu!

La portière se referma et la Mercedes démarra aussitôt après. Le gardien vit les feux arrière s'éloigner en direction de Montbéliard, vers la zone industrielle où était située la Distillerie Générale de l'Est.

Le pauvre diable resta seul sur le parking. Seul avec dans la tête un petit bout de phrase qui résonnait encore à ses oreilles, à la fois comme une tentation mais aussi une menace: «Je te donnerai les deux mille euros, comme prévu...»

CHAPITRE 2

– Salut Popaul... tu m'excuseras... J'suis un peu en retard... Avec ce foutu vent, j'ai pas voulu prendre de risques. J'ai roulé moins vite.

– Ça fait rien mon gars. Tu sais bien que moi je ne suis jamais pressé de regagner ma piaule. D'ailleurs, ce soir, c'est guère un temps à aller draguer les nanas dans les rues de Montbéliard.

Charles Poinsot venait de rentrer dans la pièce qui servait de salle de garde. Elle était sommairement meublée. Une grande table, trois fauteuils, autant de placards métalliques. Contre le mur du fond, un tableau de commandes d'appareils électroniques et une batterie d'une dizaine d'écrans dont seulement cinq étaient allumés. On y découvrait les images fixes prises à l'intérieur de vastes bâtiments dépourvus de toute présence humaine.

L'arrivant enleva son imperméable dégoulinant de pluie. Il le pendit dans l'un des placards, secoua sa casquette, la recoiffa, sangla autour de sa taille son arme de service et vint s'adosser au convecteur qui diffusait une chaleur agréable dans la pièce.

– Quoi de neuf aujourd'hui? demanda-t-il machinalement.

– Pas grand-chose, dit le nommé Popaul en repliant le magazine qu'il était en train de feuilleter. Ah! si au fait... Il paraît que Lemercier va se remarier! Le con! Tu parles d'une cloche! Comme s'il avait besoin de se remettre un fil à la patte après son divorce...

– C'est sans doute parce qu'il ne peut pas se passer de femme à la maison.

– Tu parles! Il n'avait qu'à faire comme moi. En ramener une de temps en temps chez lui pour la petite affaire. Après ça, tchao! On se quitte jusqu'à la prochaine fois. Des deux côtés ça ne dérange pas les habitudes.

Célibataire endurci qui allait sur ses trente-cinq ans, Paul Charvier avait une conception très machiste des rapports entre les sexes. Ça ne l'empêchait pas d'avoir un certain succès auprès des femmes. Sans doute à cause de ses épaules carrées d'ancien sous-marinier, de son regard félin et de sa bonne humeur.

– Et les consignes? s'enquit professionnellement Poinsot, que les considérations misogynes de son collègue n'intéressaient guère.

– Rien de particulier... Sinon que Grandclément a demandé que tu lui téléphones à quatre heures pour le réveiller. Il tient à être présent demain matin quand les camions partiront.

– Il y aura un départ important?

– Oui. Trois semi-remorques pour Lyon.

Ils restèrent ensuite un long instant silencieux. Paul Charvier ne bougeait pas de place. Assis sur son fauteuil de veille, les deux coudes sur la table. Très rapidement, la fatigue, la chaleur ambiante aidant, il commença à dodeliner de la tête. Ça lui arrivait souvent après sa journée de travail. Surtout à la mauvaise saison car il appréhendait de rentrer chez lui dans la nuit froide et pluvieuse. Débarrassé de la contrainte d'avoir à surveiller les écrans de contrôle après l'arrivée de son remplaçant, il piquait un petit somme qui se prolongeait parfois fort avant dans la soirée.

Après ce qui venait de se passer au carrefour des Trois Chênes, Charles Poinsot ne fut tout d'abord pas pressé de voir s'éloigner son compagnon. Le fait qu'il commençât à s'endormir l'arrangea, au contraire. Il se dit que les autres devaient sans doute être à l'affût quelque part aux alentours de la distillerie. Tant qu'ils ne verraient pas sortir Charvier, ils ne se risqueraient pas à se présenter au portail de l'entrepôt.

Plus il réfléchissait, plus l'ancien militaire pensait qu'il allait faire une connerie lourde de conséquences en accédant à la demande du Méridional. Lorsqu'on l'interrogerait sur les circonstances de l'intrusion, lui qui ne savait même pas mentir à sa femme aurait du mal à tenir des propos convaincants. Il en arrivait à présent à se demander s'il ne valait pas mieux décrocher tout de suite le téléphone et appeler M. Grandclément, l'ingénieur chef de fabrication, pour lui raconter ce qui s'était passé. Ça lui éviterait plus tard de se faire renvoyer. On lui saurait gré de sa franchise, on lui pardonnerait d'avoir accepté l'acompte pour le moins douteux versé par l'homme à la Mercedes.

Pourtant, malgré cette sage résolution, il n'arrivait pas à se décider. La perspective d'encaisser les deux autres mille euros de la prime promise malmenait ses scrupules, éloignait ses appréhensions.

Pour Poinsot, cette somme allait lui permettre de réaliser sans peine l'un de ses rêves. Il pourrait acheter une caravane d'occasion pour emmener sa petite famille en vacances dans le Midi, l'été prochain. Depuis longtemps sa femme le serinait à ce sujet, lui reprochait d'être un minus, de ne pas gagner sa vie comme son propre frère à elle, qui se payait de belles voitures parce qu'il était contremaître à Sochaux, aux Usines Peugeot.

Tout à ses réflexions, le vigile n'avait pas remarqué l'écoulement du temps. Un certain moment, en émergeant de ses pensées, il leva les yeux vers la pendule et remarqua qu'il allait bientôt être vingt-deux heures!

S'il voulait tenir sa promesse vis-à-vis de son commanditaire, il était grand temps que son collègue quittât les lieux.

Il commença par se mettre à tousser. De plus en plus fort. En vain. Paul Charvier dormait à poings fermés. Il fut obligé de le prendre par l'épaule et de le secouer.

– Popaul, tu devrais t'en aller. Profiter de ce qu'il pleut un peu moins...

C'était archifaux. On entendait au contraire les chéneaux dégorger à pleins goulots. Des bourrasques faisaient aussi vibrer les charpentes métalliques du bâtiment.

– Tu ne crois pas que je devrais attendre encore un peu? fit le célibataire à demi somnolent.

– Ce que je t'en dis moi, c'est ton affaire... Je serais toi, je partirais tout de suite car ça risque d'être pire au milieu de la nuit. La météo a diffusé un avis de tempête sur la région...

Cet argument fut décisif. Popaul ses leva de son fauteuil. Il bâilla en étirant ses longs bras. Tout en se dandinant comme un gros ours, il dégrafa sa ceinture à laquelle pendait l'étui d'un pistolet automatique browning calibre 9 mm. Il alla ranger l'arme dans son casier, d'où il retira un manteau râpé ainsi qu'une étonnante casquette en cuir à rabats.

– Bon. Eh bien à demain Charles!

– A demain Popaul. Bonne nuit!

Pour être bien sûr qu'il quittait les lieux et n'allait pas dormir sur des sacs dans un coin de l'entrepôt, Poinsot raccompagna son collègue jusqu'à la porte donnant sur l'impasse. Au passage, il prit le trousseau de clefs et la grosse torche électrique qui se trouvaient sur la table du poste de garde. Ensemble ils traversèrent d'abord la cour. Malgré la pluie, les trois chiens-loups vinrent leur faire la fête. Ils suivirent les deux gardiens jusqu'au garage où Paul Charvier récupéra sa moto. Il habitait Lemare, un petit village situé près d'Héricourt, dans une vieille maison héritée de ses parents.

Le temps était toujours aussi infect. En quelques minutes Poinsot, qui n'avait pas rendossé son imperméable, fut trempé jusqu'aux os. Malgré cela, il attendit stoïquement sous le déluge que son compagnon s'éloigne dans la nuit avant de rebrousser chemin. Les chiens le suivirent tandis qu'il retraversait la cour. Des bêtes superbes. De véritables loups à la denture féroce. En dehors des gardiens, personne ne pouvait les approcher. Pas même le patron de la distillerie. Quelques années plus tôt, lors d'une tentative de cambriolage des entrepôts, ils avaient mordu cruellement un monte-en-l'air qui était entré dans la place en faisant le mur. Il n'avait dû son salut qu'à l'intervention rapide du vigile de service.

– Tout beaux! Tout beaux mes petits! dit Poinsot. Allez, venez! Venez!

De son pas légèrement claudicant, le mutilé se dirigea vers le chenil en entraînant les trois bêtes à sa suite. L'endroit était situé à côté du garage où stationnaient les camions de livraison. Lorsqu'il ouvrit la porte du réduit, les chiens y entrèrent docilement. Au moment de refermer cette porte, il eut une hésitation. Il se demanda s'il ne mettait pas en danger sa propre sécurité? Après tout, il ne savait rien de ses interlocuteurs. N'allaient-ils pas lui faire un mauvais parti?

Dans un réflexe de prudence, au lieu de basculer complètement la barre de sécurité du système de verrouillage dans ses encoches, il se borna simplement à pousser la porte. En cas de nécessité, une simple pression suffirait à ouvrir celle-ci.

Revenu dans le poste de garde, Poinsot commença par éponger la pluie qui ruisselait sur son visage. Il jeta par habitude un coup d'œil sur les écrans de contrôle. Tout était calme. Les caméras ne balayaient que des espaces déserts. A l'extérieur aussi, le long des clôtures d'enceinte, les capteurs électroniques ne signalaient aucune présence suspecte. Le gardien connaissait cependant les failles du dispositif de surveillance. En plusieurs endroits, des pans de murs jugés inaccessibles depuis l'extérieur n'étaient pas dotés d'installations anti-effraction. Les chiens et les rondes des vigiles devaient compenser ces carences. Lorsqu'il avait songé aux arguments qu'il emploierait plus tard pour expliquer l'intrusion des visiteurs dans les entrepôts, Poinsot s'était dit qu'il prétendrait que ceux-ci étaient entrés dans la place en franchissant les murs dépourvus d'appareils électroniques et qu'ensuite ils avaient surgi dans le poste de garde sans qu'il ait pu déceler leur présence.

Comme il l'avait prévu, le mutilé s'approcha du tableau de commandes et mit hors circuit les sirènes d'alarme de même que les caméras. A l'exception des ateliers de fabrication, l'ensemble des entrepôts de la distillerie se trouvèrent plongés dans le noir. De cette façon, la suite des événements ne laisserait pas de traces sonores ni visuelles.

Ces gestes de précaution accomplis, le gardien jeta un coup d'œil à sa montre. Il était très exactement vingt-deux heures quinze. A présent, il était temps d'aller jusqu'à la grille de l'entrée principale pour y accueillir l'homme à la Mercedes et ses amis.

Cette fois, il prit la précaution de rendosser son imperméable. Il quitta ensuite le bureau du poste de garde complètement plongé dans l'obscurité. Il s'engagea dans le garage en s'éclairant à l'aide de sa lampe-torche. Il eût été capable de s'y diriger dans la nuit la plus totale tellement il connaissait bien les lieux.

Au passage, il remarqua les trois énormes semi-remorques toutes neuves alignées devant le quai d'embarquement. Elles étaient pleines et portaient, toutes, sur le couvercle de leurs trous d'hommes les plombs réglementaires des Douanes. Les agents de cette administration chargés du contrôle des droits indirects avaient dû venir la veille apposer les scellés sur les camions-citernes. Chacun d'entre eux était chargé de trois cents hectolitres d'alcool éthylique titrant 99 degrés. Le matin suivant, le petit convoi prendrait la direction de Lyon où, par l'autoroute, il rejoindrait les laboratoires d'une société de produits pharmaceutiques.

En arrivant devant la grande grille, Charles Poinsot ne distingua rien tout d'abord. L'entrée principale de la Distillerie Générale de l'Est donnait sur une rue peu fréquentée de la zone industrielle de Montbéliard. Seuls, deux lampadaires de l'éclairage public diffusaient une lumière pâle, faisant luire la chaussée toujours balayée par la pluie et le vent.

Le vigile agita à trois reprises sa torche à travers les barreaux. Stoïque sous les bourrasques, il attendit que les autres manifestent leur présence. A présent qu'il avait commencé à agir, ses appréhensions s'étaient envolées. Il ne pensait plus qu'au reste de la prime qu'il allait bientôt encaisser. Pour éviter les ennuis qu'une enquête occasionnerait pour lui à la suite de son agression supposée, il venait même de trouver une échappatoire.

Que désiraient finalement les autres? Sans doute obtenir cent ou deux cents litres d'alcool pur pour leurs expériences. Il allait pouvoir leur donner satisfaction en toute tranquillité. Dans le fond des entrepôts, il savait que se trouvait une petite cuve en inox d'une dizaine d'hectolitres. C'était un produit raffiné de qualité supérieure au reste de la production, uniquement destiné aux chercheurs de l'Institut Pasteur à Paris. Le prélèvement se ferait sur ce stock en attente de livraison. Il lui suffirait par la suite de dévisser légèrement la bonde de vidange de la cuve et le reste du liquide s'écoulerait dans la rigole. Tout le monde penserait alors qu'il s'agissait d'un accident comme il s'en produisait quelquefois et que les services de la Douane passaient au compte des «manquants accidentels».

Cette fois, l'attente de Charles Poinsot ne dura pas longtemps. Quatre ombres se profilèrent soudain à l'angle de la rue et se dirigèrent vers lui. Il reconnut immédiatement le Méridional à sa stature imposante. Il dominait les trois autres d'au moins une tête.

Sans un mot, le gardien déverrouilla le système de sécurité de la grille et entrouvrit celle-ci manuellement, permettant aux visiteurs d'entrer dans la place.

– T'as débranché les sécurités et enfermé les cleps? demanda le Méridional.

– Oui. Vous pouvez me suivre sans danger.

Poinsot pensait diriger les quatre hommes vers le fond des entrepôts afin de leur montrer la cuve d'alcool destinée à l'Institut Pasteur. Son interlocuteur ne fut pas long à le détromper sur ses véritables intentions.

– Conduis-nous vers les camions qui doivent partir pour Lyon demain, commanda-t-il

Sur le moment, bien qu'il fût étonné par le fait que son interlocuteur sût qu'une importante livraison aurait lieu le matin suivant, le gardien obéit à cette injonction. En traînant sa jambe mutilée, il guida les quatre hommes jusqu'au hangar du quai de départ.

– Allume l'électricité qu'on y voie clair, ordonna le colosse.

– C'est pas prudent, objecta le veilleur de nuit.

– Pourquoi?

– Un contremaître de la distillerie habite au bout de la rue. S'il voit de la lumière dans le garage au milieu de la nuit, il risque de venir faire un tour ici...

L'homme à la Mercedes réfléchit un instant avant d'estimer:

– Avec le temps qu'il fait, ça m'étonnerait qu'il soit sur son balcon en train de bayer aux étoiles!

Cette remarque parut si évidente que Poinsot n'insista pas. Il alluma aussitôt l'électricité dans le garage.

Il eut alors la possibilité de découvrir les quatre visiteurs. Outre le Méridional, qu'il connaissait déjà et qui était manifestement le chef de l'opération, les trois autres avaient aussi des types méditerranéens très prononcés. Tous avaient le teint mat, des cheveux noirs frisés. L'un d'eux, le plus trapu, arborait un nez cassé, comme certains boxeurs.

En voyant les semi-remorques rutiler sous la lumière, l'un des trois hommes, qui portait des lunettes aux verres teintés, émit un sifflement admiratif:

– Sacrés bahuts! Ils sont tous pleins?

– Oui

A son tour, le chef désigna les énormes véhicules du doigt.

– Ce sont les trois camions destinés aux Etablissements Pécinet à Lyon?

– Oui, acquiesça Poinsot, de plus en plus étonné par la connaissance que son interlocuteur avait des lieux et de la marche de l'entreprise.

– Parfait. Tu vas ouvrir la porte du garage et quand les semis démarreront, tu rouvrira aussi la grille.

A l'adresse de ses acolytes, il ajouta:

– A votre tour de jouer, les gars! Vous savez ce qu'il faut faire!

Les trois types hochèrent affirmativement la tête et se dirigèrent sans plus tarder chacun vers une semi-remorque. Le gardien sidéré les vit grimper sur le marchepied, ouvrir les portières des cabines et s'installer au volant des mastodontes.

– Mais... Mais vous?... bafouilla-t-il. Vous n'allez quand même pas!

– Mais... Vous ne deviez prendre que des... Des échantillons d'alcool?...

Un sourire éclaira la face du colosse. En désignant les trois semi-remorques, il s'esclaffa:

– Pour nous, c'est ça les échantillons!

Les autres se mirent à rire à leur tour de la déconvenue du vigile. Celui-ci resta figé au milieu du garage, incapable de faire un geste, de prononcer un seul mot.

– Alors clampin? Est-ce que tu nous les ouvres ces lourdes? On va quand même pas passer la nuit ici!

Cette apostrophe blessante réveilla Poinsot. Il comprit qu'il avait été joué. Il avait affaire à une bande de malfrats, non à des scientifiques cherchant à se procurer la matière première destinée à des expériences. Les types allaient dérober neuf cents hectolitres d'alcool pur répartis dans les trois camions-citernes!

Un brusque regain de conscience professionnelle lui revint:

– Je vous interdis de toucher à ces camions! lança-t-il d'un ton impératif.

– Non mais? Dis donc... Tu nous prends pour des caves? persifla l'un des types en passant la tête par la portière.

– Tu crois peut-être qu'on est venu ici simplement pour tremper un susucre dans la gnôle? renchérit un autre.

– Je vous demande de descendre et de foutre le camp! réitéra Poinsot. Si vous m'aviez dit dès le départ de cette histoire que vous veniez ici pour voler les camions, je ne vous aurais jamais laissés entrer!

L'homme à la Mercedes n'avait pas encore prononcé un seul mot depuis le début de l'altercation. Il s'avança tranquillement en direction du veilleur de nuit et dit, d'un ton jovial:

– Allons, allons, Poinsot sois sérieux. Tu n'imaginais quand même pas que j'allais t'offrir quatre mille euros seulement pour tes beaux yeux? Parce que tu allais nous permettre d'emporter simplement deux ou trois jerricans de blanc?

Obstiné, le vigile secoua la tête.

– Je vous ordonne de descendre immédiatement de ces camions! lança-t-il d'une voix que la colère faisait monter d'un ton.

Comme les autres ne réagissaient toujours pas, il porta vivement la main à sa ceinture et sortit son automatique de son étui.

Ce geste fut plus parlant qu'un long discours. Les malfrats comprirent que l'affaire se gâtait. Les uns après les autres ils commencèrent à descendre des cabines.

En entendant crier leur maître, les chiens enfermés dans le chenil se mirent à aboyer. Cela donna une idée au gardien. Il commença à reculer vers le fond du garage sans cesser de menacer les autres avec son arme.

– Vous n'êtes pas très raisonnable, monsieur Poinsot, dit le Méridional en vouvoyant à nouveau son interlocuteur. A moins que vous n'estimiez, étant donné les quantités d'alcool contenues dans ces camions, que votre prime n'est pas assez élevée? Qu'à cela ne tienne, je double la mise! Vous toucherez huit mille euros au lieu de quatre! ça vous va?

La proposition mirifique ne fut suivie d'aucun effet. Toujours aussi menaçant, le gardien continua de reculer en direction du chenil.

– Tirons-nous! Tirons-nous, les gars! Il va lâcher ses cleps!

Proférée par l'un des ex-chauffeurs des camions, ces paroles eurent pour effet de précipiter la déroute des visiteurs. Le Méridional, au contraire, ne bougea pas du milieu du garage.

– Qu'est-ce qui vous prend, monsieur Poinsot? Vous n'allez quand même pas lâcher vos chiens?

Le vigile reculait toujours. Il n'était plus à présent qu'à cinq mètres du chenil à l'intérieur duquel les molosses déchaînés continuaient d'aboyer furieusement.

– Monsieur Poinsot... Je vous en prie...

– Sortez! Sortez tous! Vous entendez ce que je vous dis? Bon Dieu!

L'homme à la Mercedes comprit qu'il n'y avait plus rien à faire pour raisonner son interlocuteur. Tout était fichu. Le minus allait lâcher ses chiens. La situation deviendrait incontrôlable.

Ce qui se passa ensuite fut très rapide. Le Méridional plongea brusquement sa main dans la poche droite de sa veste. Presque aussitôt après, une flamme bleue en jaillit. Une grande stupeur se peignit à cet instant sur les traits du gardien. Il ouvrit la bouche comme s'il voulait parler, mais aucun son n'en sortit. Il se plia ensuite en deux tel un pantin et s'écroula au milieu du garage en lâchant son automatique.

– Tu vois à quoi ça t'a avancé de faire le malin avec moi! fit l'homme à la Mercedes en ramassant l'arme de sa victime.

Il parlait sans passion, simplement contrarié du contretemps occasionné par l'incident. En se penchant, il vit que le projectile avait atteint le gardien au ventre et qu'il grimaçait de douleur. Une tache de sang commençait à auréoler son pantalon à hauteur de la ceinture.

– Tu voulais un alibi, dit-il. Eh bien tu l'as! A présent, personne ne pourra prétendre que tu étais notre complice dans cette histoire!...

Abandonnant le malheureux à son sort, le colosse revint vers ses acolytes.

– Allez, les gars, grouillez-vous! A présent, c'est pas le moment de moisir ici!

Tandis que les trois types se hâtaient de remonter à bord des camions, lui-même s'empressa d'aller ouvrir les portes du garage. Presque simultanément, les moteurs se mirent à tourner et chaque conducteur essaya un réglage de phares.

Charles Poinsot s'était écroulé entre deux des véhicules. Malgré la douleur qui annihilait ses facultés de réflexion, il comprit que s'il restait à cet endroit, les roues de l'une des semi-remorques risquaient de lui passer sur le corps.

Il se mit donc à ramper pour s'éloigner du passage des camions. Il avait de plus en plus mal. Une brûlure atroce lui embrasait le ventre.

A présent, les autres ne s'intéressaient plus à son sort. Ils attendaient le signal de leur chef pour quitter les lieux.

En levant les yeux, Poinsot vit qu'il n'était plus qu'à trois mètres seulement du chenil. Les bêtes s'étaient tues.

Sans doute rassurés en entendant le bruit familier des moteurs tournant au ralenti. Une idée commença à s'imposer dans l'esprit du blessé:

– Il faut que je lâche les chiens... Les chiens... Que je les lâche... répéta-t-il mentalement. Il faut que ce salaud paie pour ce qu'il vient de me faire...

Grimaçant de douleur et de rage, en faisant un effort surhumain, il continua à ramper encore le long du mur. La pointe acérée d'un poignard fouillait ses entrailles. Le sang fusait entre ses doigts chaque fois qu'il portait la main à sa blessure.

– Je vais crever... Crever... pensait-il. Mais il ne faut pas qu'ils partent sans payer... Ces salauds!...

Centimètre par centimètre, il poursuivit sa lente reptation. Il atteignit enfin la porte du chenil. Cependant, il fallait qu'il puisse se soulever d'un peu plus d'un mètre afin d'appuyer sur le pêne. Comte tenu de l'état dans lequel il se trouvait, ce mouvement représentait pour lui une difficulté extrême.

Il esquissa une première tentative en levant le bras droit. En vain. Sa main s'arrêta à mi-hauteur de la porte. Il recommença et toucha cette fois la poignée. Mais il fut incapable de peser dessus. Ce geste infructueux lui arracha une nouvelle plainte. De l'autre côté de la cloison, les bêtes s'étaient remises à gronder. Elles devinaient que quelque chose d'anormal se passait. Que leur maître avait besoin d'elles. Charles Poinsot savait que s'il parvenait à ouvrir le chenil, le type qui lui avait tiré dessus ne sortirait pas vivant du garage. Il serait dévoré par les chiens. Seuls ses complices s'en tireraient parce qu'ils se trouvaient à bord des camions, hors d'atteinte des crocs des molosses.

Le malheureux essaya de récupérer quelques forces avant d'entreprendre une autre tentative. Il souffrait atrocement. Il ferma les yeux, reprit son souffle et s'apprêta à renouveler son geste désespéré.

Le Méridional, qui venait d'ouvrir la grille extérieure, rentra juste à cet instant dans le garage. En voyant le gardien appuyé contre la porte du chenil, il comprit ce qu'il cherchait à faire.

– Bon Dieu! Les chiens!...

Il réalisa immédiatement le danger encouru. Si les fauves sortaient de leur enclos, sa peau ne vaudrait pas cher!

En proie à une brusque panique, sans réfléchir, il tira au juger en utilisant le browning 9 mm qu'il avait récupéré quelques minutes plus tôt lorsque sa victime s'était écroulée. Animé beaucoup plus par la peur que par la rage, il vida presque complètement le chargeur de l'arme sur Poinsot.

Alors que quelques centimètres seulement séparaient ses doigts crispés du pêne fatidique, le malheureux gardien, frappé cette fois en plein cœur, fut agité d'un ultime soubresaut, puis retomba inerte devant la porte. De l'autre côté de celle-ci, les chiens se mirent aussitôt à hurler tous les trois à la mort...

CHAPITRE 3

Antoine Serrati, surnommé Trois-Six dans le petit monde des trafiquants d'alcool, commença à respirer un peu plus librement lorsque le convoi eut quitté la D 475 à Pont-du-Bourg au terme d'un périple de cent quatre-vingts kilomètres depuis la périphérie de Montbéliard, pour s'engager sur une voie étroite serpentant entre les prairies et les bois de la Bresse jurassienne.

La Mercedes avait constamment précédé les trois semi-remorques d'environ deux kilomètres. Ça se passait toujours ainsi lors des opérations de transfert de la marchandise. Les véhicules transportant l'alcool de base ou les produits finis étaient précédés par une voiture pilote qui leur signalait par CB les difficultés ou les éventuels dangers du parcours.

Ces principaux dangers étaient les barrages de gendarmerie ou des brigades volantes de la douane intérieure. Ces dernières étaient les plus redoutées car elles avaient pour mission, dans certaines régions, de traquer tout particulièrement les trafiquants d'alcool.

En vieux routier de la contrebande, Trois-Six était

depuis longtemps familiarisé avec les ruses qui permettaient de tromper l'adversaire. Dans la région marseillaise, il connaissait par exemple tous les itinéraires détournés évitant les carrefours où les agents du fisc dressaient généralement leurs planques.

Cette nuit, dans l'opération en cours, Antoine Serrati se sentait moins à l'aise que dans le Midi. La Bresse jurassienne était une contrée complètement inconnue pour lui. Depuis son enfance, il n'avait guère quitté les rives ensoleillées de la Méditerranée, c'est pourquoi ce pays de pluie et de brouillard lui semblait receler des tas d'embûches. Il avait fallu toutes les histoires de drogue, de contrebande de cigarettes, qui pourtant ne le concernaient pas, mais surtout le démantèlement des distilleries clandestines pour qu'il songeât à s'expatrier jusque dans cette région dont l'isolement et le calme lui paraissaient néanmoins hostiles.

Dans le sud de la France, le business était devenu quasi impossible. Depuis la fin de l'année 2002, toutes les administrations répressives s'étaient liguées pour mettre un terme à des trafics pépères qui se menaient sans aléas depuis des décennies. Tout le monde s'y était mis: la gendarmerie, la police, la douane, les impôts... Au lieu de se tirer dans les pattes comme ils le faisaient d'habitude, on avait obligé tous ces agents de l'Etat à travailler ensemble. Les résultats de cette collaboration ne s'étaient pas fait attendre. Les premiers réseaux démantelés avaient été ceux de la drogue, puis de la contrebande du tabac. Or, en recherchant des renseignements sur ces trafics, les enquêteurs avaient fini par découvrir aussi les filières clandestines de l'alcool. Même Laurent Paolini, connu dans le milieu sous le nom de Roi du Pastis, était tombé. Les groupes d'intervention avaient déniché son entrepôt principal dans un vieil atelier de calfatage et mis la main sur un impressionnant stock d'alcool blanc et plusieurs dizaines de litres d'anéthole[1]. En quelques semaines, tout ce que la région Paca comptait de fabricants de faux pastis ou autres apéritifs de contrefaçon s'était volatilisé dans la nature. Il n'y avait plus que les petits besogneux travaillant à la lessiveuse et à la bonbonne avec de la gnôle non rectifiée à être restés sur place. Toutes les affaires «sérieuses» avaient quitté Marseille ou sa banlieue pour se mettre au vert. Certaines distilleries clandestines avaient même émigré dans les Cévennes ou au fond des vallées perdues des Alpes-de-Haute-Provence. La production illicite perturbée par ces événements était devenue insuffisante pour alimenter le marché parallèle. Depuis janvier 2003, les bars, les restaurants, les brasseries, les cabarets ne recevaient plus la visite des représentants des filières. Une perte sèche pour la «profession», car entre temps les taxes sur les apéritifs anisés n'ayant cessé d'augmenter, les demandes en boissons de contrefaçon s'étaient accrues considérablement.

Cette situation était d'autant plus regrettable que depuis quelques temps un nouveau produit avait fait son apparition sur le marché: l'absinthe! Il s'agissait d'un apéritif qui avait eu son heure de gloire à la fin du XIXe siècle, d'abord

---

[1] Anéthole: éther oxyde qu'on trouve dans les essences d'anis et de badiane et dont les paillettes, fondant à 20° C, servent à la fabrication de faux pastis.

dans les milieux intellectuels. Des peintres célèbres, Toulouse-Lautrec, Van Gogh, Modigliani, des écrivains, Verlaine, Rimbaud, Apolinaire, l'avaient mis à la mode avant qu'il ne se répandît dans les couches populaires.

Ce produit issu d'une distillation et d'une macération de plantes aromatiques titrait entre 68 et 72°. Il avait autrefois provoqué beaucoup de ravages parmi ses consommateurs. Une loi datée de 1915 en ayant interdit la fabrication en France, il ne s'en fabriquait plus guère, jusqu'à une époque récente, d'une manière artisanale et clandestine, que dans certaines fermes isolées du Haut-Doubs et du Jura suisse.

L'absinthe faisait à nouveau depuis quelque temps l'objet d'un véritable phénomène de société. La jet-set l'avait remise en vogue dans tous les milieux branchés, non seulement en France mais aussi aux Etats-Unis, en Grande-Bretagne... On en fabriquait à nouveau légalement à Pontarlier, mais elle respectait les normes fiscales et ne titrait pas plus de 45°. Or, les consommateurs réclamaient à cor et à cri de la véritable «verte» semblable à l'ancienne. C'est-à-dire au moins de 60 à 65°! Ce marché juteux s'était, hélas! présenté juste au moment où les agents de l'Etat avaient mis leur nez dans le business clandestin de l'alcool.

Comme tous les autres gangs, celui de Trois-Six s'était empressé de plier bagage. Antoine Serrati avait longuement réfléchi à la question. Il s'était dit qu'il n'était pas à la veille de pouvoir travailler en sécurité dans la région marseillaise. Il lui fallait s'installer plus au nord. Mais là se posait le problème de l'approvisionnement en produit de base. Où trouver l'alcool à rectifier? L'éloignement des vignobles du Midi risquait d'aggraver encore les risques encourus lors du transport de la gnôle. C'est alors qu'il avait eu une idée folle: celle de se procurer à bon compte le produit de base en s'approvisionnant directement à la source, c'est-à-dire dans une distillerie officielle! Bien sûr sans bourse délier!

Durant l'hiver précédent, il avait longuement parcouru les régions du centre et de l'est de la France à la recherche d'usines de fabrication d'alcool éthylique. Il en avait repéré un certain nombre, mais leur cambriolage lui avait semblé poser des problèmes insolubles en raison du fait qu'elles fonctionnaient vingt-quatre heures sur vingt-quatre et qu'il y avait toujours du personnel à l'intérieur des ateliers de production.

Trois-Six s'était alors rabattu sur les entrepôts de stockage. Ceux-ci, bien qu'étant attenants aux distilleries, n'étaient ouverts que durant la journée mais par contre sévèrement gardés la nuit. Pour y pénétrer, il fallait donc absolument bénéficier de complicités intérieures. C'est ce dont il s'était mis en quête. Au terme de longues et patientes recherches, le Marseillais avait jeté son dévolu sur l'entrepôt de la Distillerie Générale de l'Est, dont la situation répondait exactement à ce qu'il désirait. Il s'était renseigné non seulement sur les vigiles chargés de la surveillance nocturne des lieux mais également sur les mouvements des alcools fabriqués par l'établissement. Il avait appris qu'une fois par mois trois grosses semi-remorques prenaient la direction de la région lyonnaise afin de livrer à un laboratoire un produit de très haute qualité destiné à des fabrications de médicaments.

Au moment donné, Antoine Serrati avait envisagé de s'attaquer directement aux camions durant les transferts. Or, ceux-ci s'effectuant de jour, il eût été très risqué de s'emparer des véhicules en cours de route sans attirer l'attention. Il était donc revenu à sa première idée, c'est-à- dire celle de s'introduire nuitamment dans l'entrepôt, d'y faire main basse sur la marchandise et de gagner le large avant le lever du jour.

La chance aidant, en menant son enquête, il avait appris que l'un des gardiens était susceptible de se laisser soudoyer. Il avait approché Charles Poinsot et celui-ci s'était laissé circonvenir.

Entre-temps, Serrati s'était préoccupé d'un autre problème. Il lui avait fallu trouver un endroit sûr pour entreposer l'alcool dérobé et en assurer ensuite la transformation. L'installation d'une fabrique clandestine de boisson anisée n'était pas chose facile. Il fallait trouver un lieu discret suffisamment éloigné d'une localité pour ne pas éveiller l'odorat des voisins ni celui des agents du fisc.

Là aussi, le Marseillais avait été servi par la chance. Pour une bouchée de pain, il avait acquis une ancienne tuilerie à moitié en ruine située dans la Forêt d'Amont, au cœur de la Bresse jurassienne. Les bâtiments se trouvaient dans une vaste clairière à cinq kilomètres de tout lieu habité.

Trois-Six avait usé d'une autre astuce en créant fictivement une société d'installation de chauffage central au fuel. Sous cette habile couverture, il avait pu faire transporter jusqu'à la vieille tuilerie une quinzaine de cuves à mazout neuves. Ces récipients métalliques lui serviraient à stocker l'alcool en attendant sa transformation en absinthe.

Ce n'était donc pas un opération improvisée que Serrati venait de mener avec son gang. Tout avait été au contraire minutieusement pensé, repéré, minuté. Comme s'il s'était agi d'un hold-up. Il est vrai que l'affaire en valait la peine. Elle laisserait plusieurs millions d'euros de bénéfice net à ses protagonistes. Elle aurait dû être moins risquée qu'un braquage de banque ou un trafic de drogue. En général, en cas d'échec, les sanctions appliquées aux contrebandiers d'alcool qui se faisaient prendre étaient deux fois moins fortes que celles qui frappaient les autres délits pratiqués par les gens du grand banditisme.

Tout se serait donc bien passé cette nuit-là si, hélas! l'abruti de vigile ne s'était pas opposé au dernier moment au plan bien huilé mis au point par Serrati. A présent, dans l'affaire, il allait falloir compter avec le cadavre laissé sur place. Il déclencherait du côté des autorités judiciaires un branle-bas de combat bien supérieur à celui que le simple rapt des semi-remorques eût suscité.

Même s'il restait très perturbé par la fin tragique de Charles Poinsot, Trois-Six n'en appréciait pas moins le fait que le voyage des camions chargés d'alcool s'était déroulé dans les conditions prévues.

Le temps exécrable avait facilité le déplacement du petit convoi. En général, par temps de pluie et de vent, les barrages routiers mis en place par les G.I.R.[1] étaient plus rares, car ces messieurs redoutaient les intempéries.

Les semi-remorques avaient quitté les locaux de la Distillerie Générale de l'Est à vingt-trois heures trente. Serrati s'en était assuré en consultant sa montre avant d'abandonner les lieux. Il avait calculé que ses hommes disposeraient d'un peu plus de cinq heures pour terminer complètement le travail. Pendant ce temps, il devraient parcourir la distance séparant Montbéliard de la Forêt d'Amont, puis procéder au transvasement de l'alcool dans les cuves installées dans l'ancienne tuilerie. Une fois vidés de leur contenu, les camions devraient reprendre la route pour être emmenés et abandonnés le plus loin possible de l'entrepôt clandestin.

Selon les estimations de Trois-Six, ce ne serait qu'aux alentours de cinq heures du matin que le vol et le meurtre seraient découverts. Vraisemblablement par les chauffeurs de la société lyonnaise lorsqu'ils viendraient récupérer leurs semi-remorques. Le temps que l'alerte soit donnée, il faudrait au moins une trentaine de minutes avant que le dispositif policier se mette en place. Il était donc nécessaire qu'à cinq heures précises, quelque fût l'endroit où ils se trouveraient, ses hommes abandonnent les camions. Il les prendrait alors à bord de sa propre voiture pour les ramener à la tuilerie.

Le fait que l'opération ait tourné au drame bouleversait cependant ce programme. Serrati ne cessait de songer à la mort du vigile. C'était vraiment la tuile qu'il n'avait pas

---

[1] G.I.R. Groupement d'Intervention Régional.

prévue. Lors de l'ultime réunion tenue avec ses hommes, il avait exigé qu'ils n'emportent pas leurs armes. Ainsi, même dans un cas extrême, ils ne seraient pas tentés de s'en servir. Lui seul avait pris son automatique, mais sans préméditation car il se savait suffisamment maître de soi pour ne pas l'utiliser.

Bien qu'il eût trempé dans pas mal d'affaires délictueuses, Trois-Six n'avait pas la réputation d'être un tueur. Il avait fait autrefois de la prison pour braquage et vol en bande organisée, jamais pour meurtre. Depuis longtemps il pratiquait le trafic de l'alcool, l'une des activités jugées aristocratiques dans le Milieu. Certes on y assistait parfois à des règlements de comptes entre gangs rivaux mais on évitait les effusions de sang. S'il arrivait qu'un conducteur de véhicule spécialement agencé forçât un barrage de la gendarmerie ou de la douane, ça n'était jamais au prix d'un échange de coups de feu. Serrati préférait que ses comparses se laissent épingler plutôt que de dégringoler un képi.

Quand il arrivait qu'un de ses gars se fasse arrêter, celui-ci n'avait aucun souci à se faire. La forte caution demandée était versée dans les vingt-quatre heures au Trésor public et le malchanceux aussitôt remis en liberté.

Or, cette fois, ce n'était pas l'un de ses hommes qui venait de transgresser la consigne de prudence qu'il répétait avant chaque opération, mais lui-même. Par un concours de circonstances qu'il ne s'expliquait pas encore, lui, Antoine Serrati, le patron d'un des plus importants gangs marseillais de trafic de faux pastis, était devenu un assassin!

Cet événement allait changer la donne de bien des choses. En premier lieu, si les enquêteurs parvenaient à remonter sa trace et à le démasquer, ce ne serait pas une forte amende fiscale qu'il risquerait mais vingt ou trente ans de prison.

Trois-Six n'arrivait toujours pas à comprendre quelle mouche avait piqué le vigile? Pourquoi s'était-il opposé brusquement à l'enlèvement des semi-remorques?

Au début de l'affaire, aussitôt après être entré dans la place, il avait songé à neutraliser dès cet instant Poinsot en le ligotant et en le bâillonnant. De toute façon, c'est ce qu'il aurait été obligé de faire un peu plus tard pour préserver les apparences afin qu'on n'accusât pas ce type d'être de connivence avec ceux qui avaient dévalisé l'entrepôt.

Que n'avait-il suivi cette première idée! A cette heure, le vigile serait encore vivant, solidement ficelé sur une chaise en attendant qu'on vînt le délivrer.

A présent, il était trop tard pour revenir en arrière. Il ne fallait plus songer qu'aux moyens d'échapper au filet que les enquêteurs ne manqueraient pas de tendre pour arrêter le coupable. L'affaire allait faire du bruit dans le landerneau des trafiquants et dans celui des gabelous. Un meurtre suivi d'un vol représentant, après dédoublement de l'alcool, au bas mot la bagatelle de cent cinquante mille litres d'apéritif prohibé, ça ne risquait pas de passer inaperçu! La flicaille allait mettre tous ses moyens en œuvre pour retrouver les auteurs de ce coup fumant.

Serrati se félicitait d'avoir pris toutes les précautions possibles avant de passer à l'action. Durant la semaine qui venait de s'écouler, aucun de ses hommes ne s'était fait voir dans la région. Toute l'équipe occupée à monter une mini-chaîne d'embouteillage n'avait pas quitté l'ancienne tuilerie et logé dans les dépendances des bâtiments. Que ce fût à l'intérieur de l'entrepôt clandestin ou cette nuit, au volant des camions volés, chacun avait porté des gants pour éviter ultérieurement des relevés d'empreintes.

Après la tragique histoire de Montbéliard, Trois-Six s'était empressé de se débarrasser des deux armes ayant engendré le drame. Il les avait balancées dans un rivière en passant sur un pont. Compte tenu de toutes ces précautions, les enquêteurs auraient donc beaucoup de difficultés à remonter jusqu'à lui. Un seul impondérable subsistait encore cette nuit: le largage des semi-remorques. Tant qu'elles ne seraient pas déchargées puis abandonnées ensuite en pleine nature, un risque d'interception subsisterait.

Après avoir quitté la Départementale 475, le convoi ne croisa plus aucun véhicule. Au-delà d'un rideau de brume et de pluie, les phares des camions ne découvrirent qu'un paysage de mornes prairies et de buissons. Ils finirent peu après par atteindre l'orée d'une forêt un peu plus dense que les taillis qu'ils venaient d'apercevoir jusqu'ici. Ils s'y enfoncèrent et, après y avoir progressé durant quelques minutes, bifurquèrent sur un chemin étroit mal empierré, de seulement trois mètres de large. De chaque côté de ce passage luisait l'eau de profonds fossés. La moindre fausse manœuvre d'un conducteur des trois poids lourds risquait d'être fatale à la suite de l'opération. Si l'une des semi-remorques s'embourbait, les trafiquants d'alcool n'auraient pas d'autre solution que d'abandonner l'ensemble du convoi car il leur serait impossible de se tirer d'affaire.

Heureusement pour Trois-Six et ses hommes, tout se passa bien durant cette périlleuse progression. Les camions finirent par déboucher dans une vaste clairière sise au centre de la forêt. Ils stoppèrent tous devant un bâtiment au toit fatigué dont les murs de briques rouges et à colombages ne se différenciaient guère des fermes de la Bresse jurassienne. Seule, une haute cheminée accolée à l'un des pignons indiquait qu'il s'agissait d'un ancien bâtiment industriel.

Abandonnant sa Mercedes, Antoine Serrati dirigea, malgré la pluie, les ultimes manœuvres des camionneurs. Il les fit ranger leurs véhicules en marche arrière devant les ouvertures de la bâtisse. Il alla ensuite ouvrir les portes de celle-ci et mit en route le groupe électrogène permettant d'éclairer les lieux.

De leur côté, les chauffeurs ne perdirent pas de temps. Avec l'efficacité de pompiers professionnels, ils dévidèrent les tuyaux des semi-remorques et les traînèrent à l'intérieur de l'ancienne tuilerie. De grosses cuves peintes en noir y étaient alignées, reposant sur de moellons. Une affichette jaune était collée sur leurs flancs. On pouvait y lire:

Entreprise DUCHENE
Installations de chauffage central industriel

C'était la dénomination de la société qui allait servir de couverture à la fabrication clandestine de l'absinthe. Il s'agissait d'une idée vraiment astucieuse car, en voyant arriver quelques jours auparavant des grosses cuves à mazout sur des camions, les villageois des environs n'avaient bien sûr pas soupçonné qu'elles contiendraient plus tard un autre liquide que du fuel.

Une fois les tuyaux raccordés, les pompes des semi-remorques se mirent en marche et on commença à entendre le précieux liquide couler dans les citernes.

Les opérations de transvasement durèrent environ une heure durant laquelle Serrati ne cessa pas de surveiller la manœuvre et de contrôler les cadrans des volucompteurs.

Lorsque les cuves des semi-remorques furent à sec, les hommes s'empressèrent d'enrouler à nouveau les tuyaux. Ils ne s'attardèrent pas dans la clairière. Sur un ordre de leur patron, ils remontèrent à bord des camions et, sans plus attendre, reprirent en sens inverse la voie malaisée qu'ils avaient suivie pour arriver jusqu'à cet endroit.

Trois-Six resta le dernier sur place. Ce fut lui qui arrêta le groupe électrogène et referma les portes du bâtiment.

Il n'eut aucun mal à rattraper les trois semi-remorques qui avaient surmonté une nouvelle fois sans s'embourber les difficultés du chemin d'accès à la tuilerie. La Mercedes dépassa les camions citernes vides et se replaça à nouveau en tête du petit convoi.

Les quatre véhicules rejoignirent peu après la route Départementale 475, mais au lieu de se diriger sur Lons-le-Saunier par la nationale 83, ils rebroussèrent chemin en direction de Dole. Par la déviation, ils dépassèrent largement cette localité et se retrouvèrent près de la petite ville de Pesme aux alentours de cinq heures du matin. C'était l'instant extrême que Trois-Six s'était fixé pour abandonner les véhicules. A Montbéliard, en effet, après la découverte du drame de la nuit précédente, l'alerte devait être donnée, le plan Epervier déclenché dans tout l'est de la France.

Sur un ordre de Serrati, les trois camions citernes s'engagèrent à nouveau sur un chemin forestier, après quoi leurs chauffeurs les aspergèrent à l'aide de bidons d'essence et y mirent le feu. Dès que les véhicules furent embrasés, toute l'équipe reprit place à bord de la Mercedes et s'empressa de quitter les lieux.

L'opération avait duré exactement quatre heures trente. Quatre-vingt-dix mille litres d'alcool pur à 99° en provenance d'une distillerie officielle allaient bientôt être transformés en un stock impressionnant d'absinthe de contrefaçon. De mémoire de trafiquant, jamais aucun gang n'avait réalisé un aussi beau coup!

CHAPITRE 4

– Messieurs, si nous sommes réunis aujourd'hui, c'est pour élucider une affaire qui, comme vous le savez, concerne tour à tour à différents titres en raison de ses développements nos trois administrations: police, gendarmerie et douane. Elle entre donc dans le genre des attributions qui nous sont désormais dévolues pour être traitées par la nouvelle structure du G.I.R.

Les trois hommes présents, ce matin-là dans les locaux de la Police judiciaire à Dijon, avaient à peu près le même âge, c'est-à-dire la quarantaine. Le commissaire divisionnaire François Teysier, qui venait de parler, semblait peut-être le plus jeune avec ses cheveux longs, sa chemise à carreaux à col ouvert et son jeans. Le capitaine de gendarmerie Yves Garisson, qui avait laissé son képi au vestiaire, était strictement sanglé dans son uniforme. Quant à Jean-Jacques Hatier, l'inspecteur principal des douanes, il portait un costume impeccable, une cravate à rayures bleues sur une chemise blanche.

Les trois fonctionnaires étaient réunis au premier étage des locaux de la P. J. dans un vaste bureau donnant sur une cour fermée. Un pâle soleil, qui n'arrivait pas à déchirer complètement la couche épaisse des nuages, éclairait mal la pièce garnie de sobres meubles métalliques et d'ordinateurs. La seule fantaisie visible dans ce décor froid et impersonnel était la reproduction d'un tableau abstrait, aux couleurs vives, accroché contre le mur derrière le commissaire divisionnaire.

– En général, messieurs, reprit le policier, la recherche des trafiquants d'alcool prohibé ressort plus de la compétence de la douane que celle de la Police judiciaire. Or, cette fois, l'infraction fiscale constatée est aggravée par un meurtre qui mobilise depuis quatre jours mes collaborateurs. Cela implique dans le cadre des nouvelles dispositions de la lutte contre la grande criminalité, que M. le juge Bernardini m'a chargé de coordonner l'action de nos trois services. Je suppose que vous connaissez tous les faits?

– Pas complètement, dit l'inspecteur principal des douanes. Sinon ce que la presse en a révélé.

– Eh bien en attendant que mon secrétariat vous remette copie de nos premiers procès-verbaux, je vais essayer de vous résumer rapidement cette affaire. Si mes propos manquent de clarté ou si des éléments de l'enquête vous semblent intéressants de votre point de vue, n'hésitez pas à m'interrompre et à me poser des questions.

Le commissaire divisionnaire Teyssier ouvrit un coffret qui se trouvait sur son bureau et le tendit à ses visiteurs.

– Un cigarillo?

– Pas pour moi, je ne fume pas, dit le capitaine de gendarmerie.

Seul le douanier accepta l'offre du policier. Après avoir tiré une première bouffée, celui-ci reprit la parole:

– Tout a commencé il y a quatre jours à Montbéliard, expliqua-t-il. A cinq heures du matin, des chauffeurs qui venaient prendre leur service ont constaté que l'entrepôt de la Distillerie Générale de l'Est avait été cambriolé durant la nuit précédente. Trois camions citernes contenant ensemble près de cent mille litres d'alcool pur avaient disparu du garage d'où ses chauffeurs devaient les conduire jusqu'à un laboratoire de la région lyonnaise. Les premiers témoins n'allaient pas tarder à faire une autre découverte. Dans le fond du garage gisait le corps sans vie du vigile chargé, cette nuit-là, de la surveillance de l'entrepôt. Tué de deux balles. L'une, qui l'avait atteint au ventre, n'eût pas été mortelle s'il avait pu être secouru à temps. Or, il semble que son assassin n'était pas disposé à lui laisser une chance de survie puisqu'il l'a achevé d'un second projectile. Celui-ci tiré presque à bout portant en plein cœur. On a d'ailleurs relevé par la suite d'autres impacts de balles lâchées au hasard dans la précipitation sans atteindre leur cible.

L'inspecteur divisionnaire de la P.J. s'interrompit un court instant pour tirer une nouvelle bouffée de son cigarillo avant de reprendre le cours de son récit:

– De l'examen du rapport balistique, poursuivit-il, il ressort que la victime n'a pas été tuée par la même arme. La balle qui l'avait frappé au ventre avait été tirée par un 7,65 alors que la balle mortelle comme toutes celles éparpillées autour du cadavre provenaient d'un browning 9 mm. Il s'agissait en l'occurrence du propre automatique du gardien. Selon toute vraisemblance, le tueur s'en était emparé au cours de l'échauffourée. Autre fait révélé par l'enquête de l'Identité judiciaire à partir des traces de sang relevées sur le sol, il semble que la victime ait d'abord été touchée une première fois au milieu du garage puis qu'elle s'est ensuite traînée vers un chenil où trois chiens-loups chargés de la surveillance des bâtiments de la distillerie étaient enfermés. Poinsot Charles, c'est le nom du vigile, a été abattu au moment précis où il tentait d'ouvrir la porte du chenil pour bénéficier, sans doute, de l'assistance des chiens face à ses agresseurs.

A cet instant, l'inspecteur principal des douanes leva la main pour interrompre le récit du commissaire.

– Pourquoi ces chiens-loups censés surveiller les lieux étaient-ils enfermés cette nuit-là dans leur chenil?

Le policier esquissa une moue dubitative.

– C'est justement la question que nous nous sommes posée et avons en partie résolue. Selon les consignes de la direction de la Distillerie Générale de l'Est, les chiens auraient dû être lâchés comme toutes les nuits à l'intérieur des bâtiments. Or ils ne l'étaient plus. Le collègue de la victime, que nous avons bien sûr interrogé, qui avait pris la première garde de 14 à 21 heures a été formel. Au moment de la passation de service avec son camarade, les chiens vaquaient en toute liberté à l'intérieur des entrepôts.

– Quelqu'un les a donc volontairement enfermés dans leur chenil?

– Oui. Et comme il s'agit d'animaux particulièrement féroces, celui qui s'en est chargé ne pouvait être que

Poinsot. Il était le seul avec son collègue à se faire obéir des chiens.

– Pourquoi le premier garde ne l'aurait-il pas fait?

– Nous y avons pensé un instant, c'est pourquoi nous avons longuement interrogé cet homme qui se nomme Charvier Paul. Il appert de notre enquête que celui-ci dispose d'un alibi qui le met totalement hors de cause dans l'affaire. La nuit du meurtre, en quittant les entrepôts de la distillerie, il s'est rendu chez l'une de ses maîtresses au domicile de laquelle il est resté jusqu'à dix heures le lendemain matin.

– Si c'est bien le second gardien qui a enfermé les chiens dans leur chenil, c'est peut-être parce qu'il connaissait son ou ses agresseurs? avança Yves Garisson, le capitaine de gendarmerie. Parce qu'il était d'accord pour les laisser pénétrer à l'intérieur de la distillerie?

– Nous avons fait comme vous la même déduction. Elle nous a amené naturellement à nous intéresser à la personnalité de la victime, le nommé Poinsot.

– Vous avez appris sur elle des choses intéressantes?

Le commissaire divisionnaire tira une nouvelle bouffée de son cigarillo avant de poursuivre:

– Selon le rapport de l'un de mes O.P.J.[1], deux jours avant l'affaire, le vigile avait remis à sa femme une certaine somme d'argent. Deux mille euros! En prétendant qu'il les avait gagnés au tiercé...

– C'était faux?

– Oui. Le bureau local du P.M.U. n'a pas versé cette

[1] O.P.J. Officier de Police Judiciaire.

somme à Poinsot, qui d'ailleurs ne tentait jamais sa chance à ce jeu de hasard.

– Ce Poinsot avait un casier?

– Absolument pas. Il s'agissait d'un ancien militaire blessé lors des opérations menées par notre armée en Bosnie. Un type jusqu'ici sans histoire.

– L'argent lui avait donc été préalablement remis par des gens qui voulaient s'assurer de sa complicité afin de pouvoir pénétrer sans encombre à l'intérieur de la distillerie?

– Selon toute vraisemblance.

– Pourquoi alors l'ont-ils tué s'il était d'accord avec eux?

– C'est précisément la question que mon équipe se pose. Un problème que nous aurons tous ensemble désormais à élucider...

Le policier se tourna à cet instant du côté de l'inspecteur principal des douanes auquel il demanda:

– Monsieur Hatier, vous qui connaissez bien mieux que nous le milieu des trafiquants d'alcool, j'aimerais connaître votre opinion. Pensez-vous que ces malfaiteurs soient capables de tuer froidement avec préméditation un de leurs complices?

– Peu probable. En général, les membres des gangs de l'alcool prohibé ne sont pas, à quelques exceptions près, des tueurs. Ils règlent leurs différends entre eux. Ils ne prennent d'ailleurs que des risques calculés en sachant que s'ils se font pincer par nos services, ils n'encourent que de forte amendes. Tout au plus quelques années de prison.

– C'est également mon opinion, approuva le commissaire divisionnaire. Nous avons certes, de temps en temps, connaissance d'affaires criminelles mettant en cause des trafiquants d'alcool, mais il s'agit toujours de règlements de comptes entre bandes rivales. Ces histoires ne concernent jamais des particuliers.

– Le gardien s'est peut-être montré plus exigeant que prévu? avança l'officier de gendarmerie.

Teyssier écrasa son cigare dans un cendrier et secoua la tête.

– Je ne crois pas à cette éventualité. En laissant les autres pénétrer à l'intérieur des entrepôts de la distillerie, Poinsot devait savoir, à cent euros près, ce que lui rapporterait cette complaisance. D'ailleurs, étant donné l'enjeu de la partie, les gens d'en face n'auraient sans doute pas hésité à rallonger la sauce s'il l'avait fallu.

Il s'interrompit un court instant avant de reprendre d'un ton songeur:

– Il a dû se passer quelque chose d'imprévu lors de l'opération... Une bavure qui s'est finalement soldée par un meurtre...

– A moins que les intervenants n'aient été des débutants et ne se soient trouvés dépassés par les événements? suggéra l'officier de gendarmerie.

– Capitaine, vous en connaissez beaucoup d'amateurs capables de monter une telle opération? De se renseigner sur les systèmes de protection d'une distillerie? Sur l'importance, la fréquence des livraisons afin de déterminer à quelle date une intervention serait la plus facile, la plus rentable?

– D'autant, renchérit l'inspecteur principal des douanes, qu'il leur a fallu trouver un point de chute. C'est-à-dire un entrepôt équipé pour recevoir ce stock considérable de près de cent mille litres d'alcool pur.

– Les gens qui ont opéré dans cette affaire étaient sans conteste des spécialistes. Ils ont non seulement pris le soin de vider les camions citernes jusqu'à la dernière goutte, mais les ont aussi abandonnés loin de leur entrepôt clandestin de telle sorte que nous ne puissions pas en déterminer l'emplacement. Ils ont aussi incendié les véhicules.

– Où ces camions ont-ils été retrouvés?

– Aux environs de Pesmes, en Haute-Saône. La région a bien sûr été passée au peigne fin. Sans résultat. Les malfaiteurs ont bénéficié d'un peu plus de cinq heures pour mener leur opération à bien. Comme ils avaient certainement minuté leurs déplacements et le transbordement de l'alcool, c'était suffisant pour brouiller les pistes.

Le commissaire divisionnaire secoua à nouveau la tête.

– Non, reprit-il, cette opération n'a pas été montée par des amateurs. Plus j'en étudie les détails, plus je suis persuadé que nous avons affaire à une bande bien organisée.

Il s'interrompit encore un instant et demanda:

– Monsieur Hatier, parmi vos «clients» habituels voyez-vous quelqu'un susceptible d'être à l'origine de ce délit?

L'inspecteur principal des douanes n'eut pas à réfléchir bien longtemps.

– Dans notre région, Monsieur le commissaire divisionnaire, à ma connaissance, personne ne me semble de taille à avoir organisé cette opération. En Bourgogne et en

Franche-Comté où opèrent nos brigades de surveillance nous n'avons à sévir en général que contre des fraudeurs de petite envergure. Ce sont des gens qui trafiquent avec de l'eau-de-vie de cru. Des marcs de Bourgogne ou du Jura distillés clandestinement pour être vendus ensuite sans supporter les droits à des débitants de boissons, à des restaurateurs ou des particuliers.

L'employé supérieur des douanes parut réfléchir encore à la question qu'on venait de lui poser. Il reprit:

– Il se pourrait toutefois que cette affaire corrobore un certain nombre d'informations qui nous ont été récemment communiquées par notre Administration...

Comme ses interlocuteurs étaient attentifs à ce qu'il allait dire, il ne les fit pas languir et poursuivit:

– Jusqu'à une époque récente, les principaux trafiquants d'alcool prohibé exerçaient leurs activités dans le Midi. Principalement dans les Bouches-du-Rhône. Or, à la suite de différentes opérations que nos collègues ont déclenchées contre ces gangs spécialisés, en collaboration avec les G.I.R., de la région marseillaise, les malfrats du faux pastis ne se sentent plus en sécurité dans ce département. Ils auraient émigré plus au nord avec leur matériel de production. Or, leurs sources traditionnelles d'approvisionnement en alcool de base étant les vignobles du Var et de l'Hérault, leurs distilleries clandestines se trouveraient depuis quelques mois cruellement en manque de matière première.

– Vous pensez que l'un de ces gangs aurait pu venir chercher de l'alcool jusqu'à Montbéliard? demanda le policier.

– C'est une hypothèse qui me vient à l'esprit. Elle est basée sur les renseignements qui figurent dans la note interne de mon administration dont je vous ai parlé. Ce document fait état de la pénurie d'apéritifs anisés de contrefaçon dont souffrent actuellement les débitants de boissons de Marseille, de Cannes, de Nice et bien d'autres localités de la Côte. Comme les machines à sous et la revente des cigarettes de contrebande, autres trafics dont nous nous occupons aussi, cette pénurie d'anisés prohibés est un manque à gagner considérable pour les cafés, les restaurants et les boîtes de nuit. Depuis quelque temps, on assiste aussi à l'essor d'un produit remis au goût du jour: l'absinthe, dont différentes formules plus ou moins frelatées circulent un peu partout.

– Quels sont, dans le Midi, vos moyens d'opérer contre ces trafiquants?

– C'est un travail difficile. Ces gens-là disposent en général de très gros moyens, car le commerce de l'alcool illicite est très rentable. Comme dans les affaires de drogue, il nous arrive de prendre les exécutants, rarement les gros bonnets.

– Vous intervenez sur renseignements?

– Quelquefois. Nous avons, comme dans vos services de police et de gendarmerie nos propres indicateurs. Je veux dire nos «aviseurs», terme euphémique que l'Administration des douanes emploie lorsqu'elle rémunère ce genre de personnages. Hélas! comme nos primes à l'information sont ridiculement modiques, ces gens-là ne nous donnent le plus souvent que des informations inexploitables ou orientées vers des besogneux qui tentent de s'implanter sur le marché parallèle, donc de faire du tort aux gros. Le plus souvent, c'est grâce au flair de nos agents ou grâce au dieu hasard que nous tombons sur des affaires intéressantes.

– Dans celle qui nous concerne, comment comptez-vous procéder? interrogea le policier.

– De la manière habituelle, c'est-à-dire en intensifiant les barrages routiers et en développant les recoupements à l'échelon national. A présent qu'ils disposent d'un stock d'alcool faramineux, les contrefacteurs vont d'abord commencer par le transformer en apéritif.

– Ce sera long?

– Je ne pense pas car ils disposeront sans doute de tout le matériel nécessaire. Surtout des essences naturelles et chimiques permettant la transmutation de l'alcool en boisson anisée de n'importe quelle marque connue. Ils seront également équipés en matière d'embouteillage et de faux étiquetage.

Le douanier s'interrompit un instant pour réfléchir avant de poursuivre:

– Reste que l'écoulement de la marchandise leur posera quand même quelques problèmes, car il leur faudra d'abord acheminer celle-ci jusque dans le Midi. Donc emprunter routes et autoroutes avec des chargements de bouteilles facilement identifiables en cas de contrôle. D'autre part, compte tenu de l'importance de leur stock, ils devront réactiver leurs réseaux de vente, sans doute les étoffer pour faire face à la demande.

– Pensez-vous obtenir rapidement des renseignements grâce à vos «aviseurs»? demanda l'officier de gendarmerie.

– Dans un premier temps, je compte vous fournir, à partir de notre fichier informatique, une liste de nos principaux «clients». Je veux dire à la fois de ceux qui ont déjà eu affaire avec nos services, mais aussi de ceux que nous soupçonnons d'être mêlés à des trafics d'alcools prohibés. Grâce à cela, dans la gendarmerie et la police, vous disposerez de précieuses indications qui vous permettront de cibler éventuellement votre action contre les grosses pointures de ce milieu.

– De votre côté, dans les douanes, comment s'exercent vos contrôles? s'enquit le commissaire divisionnaire.

– Depuis que notre administration a absorbé, il y a une douzaine d'années, celle des Contributions indirectes, nos services sont chargés du contrôle du négoce des vins et spiritueux. C'est sans doute en France le commerce le plus étroitement surveillé. Toutes les boissons alcoolisées sont suivies de la production à la consommation par des documents qu'on désigne sous la dénomination de «titres de mouvements». Grâce à ces documents, de même que grâce à la facturation, nous pouvons contrôler non seulement la fabrication, le déplacement des boissons mais aussi l'approvisionnement des débits où ils sont vendus. Tout fléchissement des achats licites est pour nous susceptible de dissimuler des entrées frauduleuses. C'est donc sur ces établissements suspects que s'exerce plus particulièrement notre vigilance.

– En matière de boissons anisées, comment pouvez-vous déterminer s'il s'agit de vrai ou de faux pastis?

– Nos agents sont exercés à reconnaître toutes les contrefaçons en matière de flaconnage et d'étiquetage.

Nous procédons aussi par prélèvements d'échantillons. En très peu de temps, nos laboratoires sont à même de confirmer s'il s'agit ou non de produits délictueux.

L'inspecteur principal des douanes s'interrompit, le temps de rallumer son cigarillo, puis reprit:

– Bien sûr, cette fois, comme nous avons affaire à des gens très bien organisés, la tâche ne sera pas facile. Pour être efficace, elle devra comporter des centaines de contrôles et de recoupements. Mais j'ai bon espoir. Dans nos difficiles métiers, il faut toujours compter avec le hasard et aussi la chance. En y consacrant les moyens accrus dont nous disposons grâce aux G.I.R., nous ne devrions pas tarder à trouver des indices intéressants.

– Pensez-vous que les produits fabriqués à partir de l'alcool dérobé à Montbéliard seront rapidement mis sur le marché clandestin?

– J'en suis persuadé. Avec le retour prochain des beaux jours, la demande en apéritifs anisés de contrebande va s'accroître. Or, depuis quelque temps ce marché a été complètement désorganisés et les approvisionnements sont quasi nuls. Compte tenu des circonstances, les ventes d'alcools prohibés ne tarderont pas à reprendre, car le milieu a horreur du vide.

– L'achat de faux pastis est intéressant pour les débitants de boissons?

– Je pense bien! La revente échappe à toutes les taxes qui frappent le commerce des alcools. Cette fois, étant donné que la matière première n'aura rien coûté aux trafiquants, ceux-ci vont sans doute baisser leurs prix pour permettre un écoulement rapide de leur stock. Les profits des uns et des autres seront d'autant plus juteux.

– Eh bien messieurs, dit le commissaire divisionnaire Teyssier, nous disposons à présent d'un certain nombre d'éléments qui vont nous permettre d'agir de concert dans cette affaire où la fiscalité est intimement mêlée à un crime de sang. Je suis désormais sûr qu'en centralisant toutes nos informations et en coordonnant nos efforts, nous arriverons au résultat escompté!

CHAPITRE 5

La soirée était déjà bien avancée quand Trois-Six entra «Chez Pépito». Comme d'habitude, la lumière de la salle y était très tamisée. Seul le coin où opérait le disc-jockey était un peu plus éclairé. Antoine Serrati constata immédiatement que ça n'était pas ce soir-là la grande presse à l'intérieur de l'établissement. Une dizaine de couples au maximum occupaient la piste de danse sans que la musique rythmée diffusée par les enceintes ne parvienne à créer l'ambiance. Au fond de la salle, devant le bar, trois entraîneuses attendaient mélancoliquement le pigeon face à des verres à moitié vides.

En voyant arriver un nouveau client, l'une des filles, une grande blonde assez jolie, se leva. De loin, elle n'avait pas immédiatement su à qui elle avait affaire. Lorsqu'elle fut à quelques pas du visiteur, elle s'arrêta net et dit, pour excuser sa méprise

– Ah! Monsieur Antoine!... J'vous avais pas r'connu! Avec vot'beau costard, j'vous prenais pour un Anglais!

Le colosse sourit et appliqua, en connaisseur, une claque amicale sur les fesses rebondies de la blonde.

– Bonsoir ma grande! fit-il d'un ton jovial. C'est grave si tu ne reconnais plus les bons copains de ton patron... Faudra lui demander de t'acheter une paire de lunettes!

– C'est qu'y a une paye qu'on ne vous a pas vu ici, Monsieur Antoine!

– Oui, c'est vrai. Ça doit faire pas loin d'un an...

– Vous prenez une p'tite coupe avec moi, Monsieur Antoine?

– Plus tard ma cocotte. J'ai toujours fait passer le travail avant la bagatelle. Pour l'instant, j'ai une affaire sérieuse à traiter avec Mario.

Comme l'entraîneuse un peu déçue s'en retournait vers la table où se tenaient ses compagnes, Trois-Six la rattrapa par la taille et, en lui donnant un baiser dans le cou, il lui murmura à l'oreille:

– Fais quand même mettre une Veuve Cliquot au frais, ma grande. Si la discussion que je vais avoir avec ton patron tourne bien, j'arroserai ça!

Le colosse pivota et revint vers le bar. Trois-Six était effectivement élégamment vêtu: veste nouveau style anglais, cravate pop, écharpe en twil de soie côté pile, en cachemire côté face.

– Bonsoir Monsieur Antoine, dit le barman qui, lui, avait reconnu l'arrivant dès l'entrée.

– Bonsoir Max. Je voudrais parler à Mario. Il est en bas?

– Oui Monsieur Antoine. Je vais l'appeler.

Le garçon décrocha l'interphone et annonça à voix basse pour ne pas être entendu de deux autres consommateurs accoudés au comptoir:

– Patron, M. Serratti vient d'arriver. Il voudrait vous parler. Je lui dis de descendre?

Trois-Six perçu la réponse:

– Non, fit une voix nasillarde dans l'appareil. Je vais monter. Dis-lui de m'attendre dans mon bureau.

Serrati remercia le barman d'un sourire et se dirigea aussitôt, en familier des lieux, vers le fond de la salle. Il poussa une porte et se retrouva à l'entrée d'un long couloir moyennement éclairé. A gauche, une autre porte fermée donnait accès à un escalier étroit descendant au sous-sol de l'établissement. Les salles de jeux clandestines étaient en bas. Seuls les initiés possédaient la clef permettant d'entrer dans ce véritable sanctuaire de la gagne.

Le club de Mario Berruti était très fermé. Réservé en majorité aux gens du milieu ou à de riches bourgeois qui éprouvaient du plaisir à s'encanailler. Trois-Six y avait autrefois gagné mais surtout perdu pas mal d'argent. Depuis quelques années, il ne jouait plus qu'épisodiquement.

Dans le fond du couloir, sur une autre porte, on pouvait lire cette indication: «Bureau du Directeur». Serrati y entra sans frapper et alluma l'électricité. La pièce était occupée par une table massive en acajou équipée d'un système de vidéo-surveillance et d'une batterie d'appareils téléphoniques. Outre le siège directorial, deux autres fauteuils confortables, une bibliothèque-bar et un guéridon complétaient l'ameublement de ces lieux que des tableaux et des tapis de haute laine rendaient cossus.

Serrati jeta un coup d'œil distrait sur ce décor qu'il connaissait pour y être venu souvent. Il sortit de sa poche un étui à cigares et en retira un havane qu'il porta à ses lèvres sans l'allumer.

Son attente fut de courte durée. La bibliothèque se

déplaça doucement contre la cloison du fond. Elle démasqua une porte dérobée par laquelle un personnage apparut. Il était d'une taille moins impressionnante que Trois-Six mais râblé, portant un smoking noir, un nœud papillon et une énorme pochette blanche. Il avait des yeux vifs, des favoris sur les joues et d'énormes moustaches.

L'arrivant vint aussitôt vers son visiteur. Les deux hommes se donnèrent une mutuelle et chaleureuse accolade.

– Salut Antoine! Heureux de te revoir!

– Moi aussi Mario. Comment va la santé?

– Va bene.

– Et les affaires?

Le patron du «Pépito» esquissa une grimace.

– Pas très bonnes. En haut comme en bas, c'est plutôt calmos. Que ce soient les hommes ou les caves, tout le monde à l'air de manquer de pognon. D'ailleurs, toi aussi Antoine tu te fais rare.

– C'est vrai... Mais comme tu as dû l'apprendre, ces derniers temps on a eu pas mal d'ennuis dans le pastis... On nous a flanqué au cul la douane, la police, la gendarmerie, les impôts... Tout le tintouin... On a été obligés de déménager les meubles et de se mettre en veilleuse...

– Ouai, j'ai su ça.

– C'est la raison pour laquelle j'ai pas eu souvent besoin de tes services. Mais ça va changer. Les affaires vont prochainement repartir.

– Tu penses avoir bientôt du travail pour mes équipes au chômage?

– Oui. Beaucoup. Et du rentable!

– Alors tant mieux car des gars sans boulot, ça tarde pas à changer de crèmerie.

– Tu ne devines pas ce qui m'amène?

Le tenancier secoua la tête.

– Ma foi non... Tu sais, moi les devinettes...

Le colosse sourit, découvrant sa denture aurifiée.

– Après ce qui s'est passé ces temps dans les alcools, tu ne sais vraiment pas pourquoi je suis ici ce soir?

Un long silence perplexe s'établit entre les deux interlocuteurs. Durant cet intermède, une musique assourdie se fit entendre. Elle provenait de l'un des appareils placés sur le bureau du patron qui lui permettait de voir et d'entendre ce qui se passait dans la salle du night-club et dans la salle de jeux.

Mario Berruti ne regardait pas les écrans mais le visiteur qui venait d'allumer tranquillement son cigare. Une lueur d'étonnement s'alluma soudain dans le regard du tenancier. D'une voix étranglée par une forte émotion, il bafouilla:

– C'est... C'est pas vrai, Trois-Six?... L'affaire des cent mille litres?... C'est toi?

– Oui c'est moi!

– Ça alors!

– En dehors de mon équipe, Mario, il n'y aura que toi à le savoir. C'est dire si je te fais confiance...

Un nouveau silence suivit durant lequel le patron de «Chez Pépito» récupéra un peu ses esprits.

– Quant j'ai lu ça avant-hier dans *La Provence,* dit-il, j'ai immédiatement pensé que le coup avait été monté par quelqu'un du métier. J'ai même dit à Paulo: «Si c'est pas le Pointu qui est dans la course, alors c'est Dantès...» J'ai même ajouté: «Avec ce salud-là, on n'est pas à la veille de retravailler. Il va nous refaire toute notre clientèle avec un stock pareil...»

– T'avais pas songé à moi?

– Pas un seul instant. Les calibres, ça n'a jamais été ton genre Antoine. Alors que pour Dantès, c'est pas la même chose. Quand quelqu'un le gêne, il n'hésite pas à le flinguer. A Montbéliard il y a eu du sang... Non, je pouvais pas savoir que c'était toi. Jusqu'ici, tu ne t'es jamais collé une telle affaire sur le dos.

A l'évocation de l'événement tragique qu'il n'avait toujours pas digéré, Serrati se rembrunit.

– Les calibres, fit il d'une voix sourde, ça n'est pas plus mon genre aujourd'hui qu'hier...

Bien qu'il ne fît pas une chaleur excessive dans le bureau, il se mit à transpirer et fut obligé d'éponger son front avec sa pochette.

– On a joué de malchance au dernier moment... Un sale pépin... Le gardien de la distillerie qu'on croyait avoir dans la poche s'est mis à déconner... Il a sorti un feu et a voulu qu'on se casse sans rien emporter...

Il s'interrompit, soupira profondément et poursuivit:

– Tu comprends Mario, après ça on n'avait plus le choix. C'étais lui ou rien... Je regrette... Je l'ai dégommé!

Le patron du «Pépito» se leva de derrière son bureau et vint vers son visiteur. Il lui posa la main sur l'épaule et dit:

– T'excuse pas, vieux. Si ça c'est passé comme ça, c'est peut-être regrettable mais tu n'avais rien d'autre à faire.

– Non, j'ai pas pu faire autrement...

Serrati tira une longue bouffée de son cigare pour se

donner une contenance et masquer le malaise qui l'étreignait.

– Et la marchandise? demande Mario

– Elle est dans une planque sûre, dans le Nord, loin d'ici...

Comme pour tous les Marseillais, le terme «Nord» englobait indistictement toute la partie du territoire français au-delà d'Avignon.

Le propriétaire du «Pépito» ne demanda pas plus de précisions. Dans le milieu des trafiquants d'alcool, les chefs de gang étaient toujours très discrets sur leurs planques. Serrati l'était encore plus que ses confrères. Par exemple, alors que les autres organisations opérant dans le Midi étaient totalement intégrées et se livraient successivement à la fabrication puis à l'écoulement du faux pastis, la sienne opérait d'une manière différente. Elle fabriquait le produit, de la rectification de l'alcool de base à sa transformation, mais n'assurait pas directement sa vente. Trois-Six la sous-traitait à des spécialistes qui disposaient de réseaux de «représentants» sur la Côte, mais aussi dans beaucoup d'autres régions françaises.

Mario Berruti dirigeait l'un de ces gangs qui se chargeaient de l'écoulement de nombreuses marchandises prohibées allant, à l'exception de la drogue, de la contrebande des montres Cartier made in Hong-Kong aux faux sacs Hermès en passant par les cigarettes et bien sûr les spiritueux.

Jusqu'ici, le cloisonnement de son réseau de distribution avait parfaitement fonctionné. La douane pas plus que la police n'étaient jamais parvenues à remonter jusqu'à lui. Seuls deux ou trois de ses comparses avaient eu quelques ennuis judiciaires. Il s'était empressé de régler leurs cautions et leurs amendes.

La conversation entre les deux hommes marqua un temps d'arrêt. Le patron du «Pépito», songeur, passa son index sur ses grosses moustaches en esquissant une moue dubitative. Serrati comprit immédiatement que son interlocuteur s'interrogeait. Il ne semblait plus tout à fait aussi enthousiaste qu'au début pour retravailler avec lui. Il jugea qu'il fallait user d'arguments plus convaincants.

– Cette fois, Mario, dit-il, je vais te fourguer de la marchandise exceptionnelle: de l'absinthe! Pas n'importe laquelle. Un produit aussi vrai que nature, élaboré à partir d'extraits qu'un de mes potes, un ingénieur chimiste, a mis au point. Au goût, je défierai n'importe qui de faire la différence entre l'absinthe fabriquée à l'ancienne et la mienne!

Comme l'autre continuait de se taire, Trois-Six questionna:

– On dirait que quelque chose te chagrine?

– Oui, c'est vrai...

– Qu'est-ce qui ne va pas?

Mario hocha plusieurs fois la tête avant de répondre:

– Tu comprends, Antoine, cette fois ce sera pas comme d'habitude. On va risquer gros dans l'affaire... Pour chouver l'alcool de base, t'as été obligé de flinguer un type... C'est pas pareil que si t'avais seulement fauché les camions-citernes... A présent, on va non seulement avoir les gabelous sur le dos mais aussi toute la flicaille. Tu penses bien qu'ils vont écumer nos points de vente pour voir si on n'y fourgue pas de la camelote fabriquée avec le jus provenant de la distillerie de Montbéliard... Ils vont chercher par tous les moyens à remonter la piste jusqu'à toi!

Antoine Serrati ne trouva pas ce raisonnement illogique, au contraire. Il s'attendait même à ce genre d'objections et savait qu'il faudrait avancer des arguments sonnants et trébuchants pour les contrer.

– C'est vrai, convint-il, cette fois tes gars devront se montrer plus prudents que jamais. Mais comme ils ignoreront tous la provenance de la marchandise, ils ne risqueront pas de parler s'ils se font interpeller. Mais je comprends ton problème, c'est pourquoi, compte tenu des circonstances, je suis disposé à te faire au départ dix pour cent de mieux que d'habitude. Je prendrai aussi à ma charge le règlement des amendes en cas de coup dur.

Cette fois, le patron du «Pépito» ne réfléchit pas longtemps avant de répondre à l'alléchante proposition.

– Puisque tu m'offres une plus grande marge et que tu couvriras les risques, c'est d'accord! dit-il en tendant la main à Trois-Six.

Celui-ci serra la main qui concluait une fructueuse transaction entre deux hommes d'honneur. La discussion s'était mieux déroulée qu'il ne le redoutait. Compte tenu du fait que cette fois la revente d'un produit entaché de sang allait se révéler plus dangereuse, il s'attendait à une discussion serrée. Un instant, il avait même envisagé de ne pas révéler à son client la provenance de l'alcool de base. Cependant, compte tenu de l'importance de la quantité d'absinthe qu'il mettrait sur le marché et dont il pourrait difficilement justifier la provenance, il avait décidé de jouer carte sur table avec Mario.

– A quand la première livraison? demanda celui-ci.

– Dans environ une semaine. Trois de mes hommes travaillent actuellement à la préparation du produit. On commencera l'embouteillage dans trois jours. J'attends aussi les étiquettes pour cette date.

– C'est parfait, dit le patron du «Pépito». J'aurai d'ici là largement le temps de rencarder mes gars.

– Tu comptes attaquer quelle région?

– D'abord Marseille, bien sûr. Ensuite Nice, Cannes, toute la Côte d'Azur. Il devenait urgent de pouvoir contrer les Italiens. Depuis que vous avez eu des pépins à la production, ils en ont profité pour pousser leurs pions dans notre secteur.

– Leur camelote ne vaut pas grand-chose, dit Serrati.

– Heureusement pour nous. Si ton absinthe est vraiment d'une qualité exceptionnelle comme tu l'annonces, on pourra reprendre facilement nos parts de marché.

– Et sur Paris?

– Pour l'instant, je ne travaille que le whisky, en cheville avec les Belges de Van Wetteren. Mais comme je sous-traite en seconde main, ça ne laisse pas gros bénéfice.

– A présent, tu auras l'exclusivité avec l'absinthe que je vais te livrer. Tu feras de meilleurs profits.

– J'espère. En tout cas, ça fera plaisir à mes gars. Ils commençaient depuis quelque temps à douter de mes capacités à leur donner du boulot.

– Alors tout est O.K. Mario! J'ai fait mettre en salle une bouteille au frais par une de tes petites. On va aller arroser ça!

– Tu rigoles Antoine. Ici, je suis le boss! C'est moi qui rince!

Chapitre 6

Connu sous le pseudonyme de Dantès, Edmond Montana devait ce surnom à une rocambolesque évasion de la prison des Baumettes qui n'avait pas été sans rappeler à l'époque celle d'un héros d'Alexandre Dumas père.

Montana habitait dans les hauts de Marseille une superbe villa avec piscine entourée de pelouses vertes et de parterres de fleurs. Il vivait depuis cinq ans dans ce décor hollywoodien en compagnie d'une ancienne strip-teaseuse rencontrée dans une boîte de Cannes pendant le temps où il était tricard dans les Bouches-du-Rhône.

Pour tous ses voisins dans ce quartier résidentiel, Monsieur Edmond était un respectable homme d'affaires. Mis à part les services de police, tout le monde ignorait que ce personnage avait eu autrefois bien des démêlés avec la justice. Personne non plus ne savait que ses actuelles activités dégageaient une odeur prononcée de faux pastis.

Dantès avait quarante-huit ans, un corps sec, un visage maigre, des yeux noirs et un abondante tignasse où l'on pouvait compter sur les doigts d'une seule main les cheveaux grisonnants. Rien qu'en voyant son visage, on devinait qu'il n'avait pas un caractère facile. Tous ceux qui traitaient avec lui savaient qu'il était retors en affaires et qu'il valait mieux ne pas lui marcher sur les pieds. De son passé tumultueux, il avait gardé des réflexes de solutions expéditives pour régler les problèmes qui se posaient à lui.

Bien qu'il se fût reconverti sur le tard dans le trafic des spiritueux illicites, il s'était hissé rapidement à la première place de ce fructueux marché.

Montana avait contrôlé jusqu'à trois distilleries clandestines. Il disposait aussi d'une source d'approvisionnement d'alcool en provenance de Sicile et d'extraits d'anéthole élaborés en Suisse.

Avant de se donner à fond dans la fabrication du faux pastis, le nommé Dantès s'était illustré de longues années dans le milieu du grand banditisme. Il avait débuté très jeune à l'âge de dix-neuf ans et fait ses premières armes sous la houlette d'un homme d'expérience: Jo le Flingueur, un des chefs les plus sanguinaires de la pègre marseillaise. Son penchant pour les calibres datait de ces temps-là. Nombre de ceux qui s'étaient mis par la suite en travers de sa route n'accroîtraient jamais le déficit des caisses de retraite. Il les avait exécutés à coups de 9 mm et balancés ensuite en haute mer avec une gueuse de fonte au cou ou les pieds pris dans un baquet de ciment prompt.

Plusieurs fois condamné avec sursis pour complicité dans des affaires louches, Montana avait fini par en prendre pour cinq ans. Il n'avait pas eu la patience d'attendre la fin de sa peine et s'était évadé des Baumettes avec un codétenu, cachés au milieu de ballots de linge sale enlevés chaque semaine par le camion de ramassage d'un pressing. Son compagnon de cavale était un escroc surnommé Pierrot l'Abbé parce qu'il exerçait ses talents en se faisant passer pour un ecclésiastique. Leur épopée relatée à l'époque par le quotidien *La Marseillaise* leur avait valu comme dans *Le Comte de Monte-Cristo* les surnoms d'Abbé Farnès et d'Edmond Dantès.

Montana s'était fait reprendre quelques années plus tard à la suite d'un braquage sanglant contre une banque. Cette fois, il avait écopé de huit ans de dur et de dix ans de relègue. On ne lui avait pas fait de cadeau d'un seul jour de taule. Pendant son incarcération et son exil forcé, il avait eu tout le temps de méditer sur son avenir. Il s'était juré qu'on ne le reprendrait plus à jouer les seconds couteaux dans des affaires dont il n'aurait pas la maîtrise.

Revenu en vue du Château d'If, Dantès n'avait pas tardé à rechercher une activité moins risquée que les attaques de banques ou de fourgons blindés. Après avoir vainement tenté de s'implanter dans le milieu des «baraques»[1] où les patrons maghrébins lui avaient vite fait comprendre qu'il n'était pas le bienvenu, il avait porté son attention sur un job tout aussi intéressant: le trafic d'alcool et compris quels énormes profits on pouvait tirer de la fraude sur les spiritueux.

Il avait débuté dans ce créneau avec le vieux Titin, qui lui avait enseigné les règles de la profession. A la mort de son mentor, il avait repris son affaire à son compte et notamment sa distillerie artisanale sur le Vieux Port. C'est

---

[1] Surnoms donnés par la pègre aux vidéopokers.

à partir de ce modeste atelier clandestin qu'il avait pris son essor. Depuis lors, son entreprise n'avait pas cessé de se développer d'année en année. Tour à tour rectifieur d'alcool de cru, fabricant de faux pastis, importateur clandestin de whisky en provenance de Tanger via des plages discrètes du littoral méditerranéen ou de vermouth italien, Dantès assurait également la distribution de tous ces produits grâce à un réseau de «représentants» qui quadrillait non seulement le Midi mais aussi la région parisienne et qu'il dirigeait d'une main de fer.

Le métier n'était cependant pas sans aléas. Il fallait compter non seulement avec la concurrence mais aussi avec les coupes sombres pratiquées périodiquement par la douane contre les distributeurs clandestins. Dans le domaine répressif, les Brigades de recherches et de contrôles des Bouches-du-Rhône étaient les plus actives de France.

Heureusement pour Montana, son négoce avait été depuis ses débuts suffisamment rémunérateur pour lui permettre de constituer un fonds de garantie lui permettant de parer aux coups durs. Lorsqu'un agent tombait, le patron payait non seulement les amendes mais continuait aussi à lui verser son pourcentage sur les affaires qu'il aurait pu réaliser pendant le temps où la justice le rendait indisponible. Par contre, si un de ses complices ne jouait pas le jeu, il ne tardait pas à en subir les conséquences. Dans le milieu, ce n'était un secret pour personne que plusieurs «accidents», plusieurs disparitions de membres du personnel de Dantès, s'étaient produits à la suite de transgressions des ordres du boss ou d'une atteinte portée à ses intérêts.

Bien qu'il fût omniprésent sur le marché clandestin des spiritueux, Dantès n'avait jamais été, depuis sa sortie de prison, l'objet d'ennuis policiers ou fiscaux pour ses nouvelles activités. Celles-ci étaient si bien cloisonnées que son nom n'apparaissait jamais dans les enquêtes menées par les représentants de la loi.

Pour assurer sa couverture et justifier son train de vie, il s'était associé dans de nombreuses affaires immobilières. Il était devenu propriétaire d'hôtels, de restaurants, de brasseries, de boîtes de nuit, qui lui assuraient légalement de confortables revenus.

La vague d'opérations menées par la flicaille antidrogue qui venait paradoxalement de désorganiser aussi le marché clandestin de l'alcool dans la région marseillaise n'avait pas été sans poser des problèmes à Dantès. Il avait demandé à ses hommes de démonter plusieurs ateliers et de les replier vers des régions plus tranquilles. On avait déménagé aussi en catastrophe différents entrepôts et décommandé des arrivages de whisky en provenance de Tanger.

Pour parer au plus pressé, Edmond Montana avait fait l'acquisition d'une distillerie de lavande dans le Lubéron. Il y avait transporté ses propres alambics. Mais ce n'était qu'un pis-aller. La reprise d'une activité normale à une échelle permettant de satisfaire les besoins du marché était subordonnée à un approvisionnement régulier en produit rectifié. Or, l'éloignement des lieux de production de l'alcool de base, c'est-à-dire le Var et l'Hérault, allait multiplier les risques lors des transports.

Dantès avait donc pris, depuis quelques semaines, la sage décision de mettre son personnel virtuellement en congé en attendant que la tempête qui balayait la région marseillaise se calme.

Francis Piétri arriva vers dix heures du matin à «La Martinette», la magnifique résidence d'Edmond Montana. Il gara sa modeste ZX sur le parking et, après en avoir été averti par Joseph le majordome, se rendit directement à la piscine intérieure. Il trouva le patron et sa maîtresse confortablement allongés sur des transats.

Piétri, dit «Calculette», car il avait conservé de son ex-profession de comptable l'habitude de tenir toujours cet appareil à portée de la main, était le bras droit de Dantès. C'est lui qui tenait depuis le début la comptabilité occulte de ses trafics. Il avait pour mission de contrôler le travail des «représentants» et de faire rentrer l'argent. Lui qui avait été autrefois condamné à huit ans de prison pour avoir puisé dans la caisse d'une compagnie de crédit en falsifiant les écritures assurait son rôle de chef du personnel et de trésorier du gang avec la méticulosité et l'incorruptibilité d'un conseiller à la Cour des comptes.

Antoine Montana avait la plus entière confiance en lui depuis qu'après avoir tenté à plusieurs reprises de mettre sa probité en échec, il n'avait pas trouvé la moindre petite trace de malversation dans ses comptes. Piétri s'était toujours montré d'une scrupuleuse régularité avec son patron. Il est vrai que celui-ci ne lésinait pas à lui accorder de confortables pourcentages sur les bénéfices. Calculette n'en faisait pas moins preuve d'une étonnante modestie. Il ne roulait pas dans des voitures haut de gamme, ne frimait pas, ne fréquentait pas les salles de jeux et nul ne lui connaissait de liaisons féminines ou masculines. Bref, il ressemblait à une sorte de petit employé besogneux dont personne ne pouvait soupçonner qu'il gérait des millions d'euros pour le comte de Dantès et percevait à titre personnel des émoluments aussi élevés que ceux d'un haut fonctionnaire.

Après avoir salué d'un vague sourire la capiteuse Mireille dont un string ne masquait pas les merveilles anatomiques, Piétri fit comprendre à son patron qu'il avait quelque chose à lui dire.

Les deux hommes se retrouvèrent peu après dans le luxueux salon de la villa d'où l'on découvrait la mer, plaque de métal polie, démesurée, parsemée des ailes blanches d'innombrables voiliers de plaisance parfaitement immobiles sur l'étendue embrasée de soleil.

Edmond Montana, enveloppé dans son peignoir de bain, fit signe à son visiteur de s'installer dans un fauteuil en face du sien. Calculette n'était pas généralement d'un genre très jovial. Ce matin, son teint bilieux semblait encore plus sombre que d'habitude. Dantès ne fut pas, bien sûr, sans remarquer l'air préoccupé de son adjoint qui venait d'ailleurs rarement le voir le matin.

– Qu'est-ce qu'il y a donc de cassé, Francis?

Dès que quelque chose n'allait pas, Piétri en informait le patron. Il faisait part à celui-ci des moindres détails concernant la marche de l'organisation. Si c'était toujours Montana qui décidait, Piétri avait une manière bien à lui d'influer sur ses décisions. Beaucoup de membres du gang punis pour des peccadilles devaient leur châtiment au rapport orienté que cet informateur aussi hypocrite qu'implacable avait fait sur leur compte.

– On est en train de se faire doubler, patron... dit-il d'un ton morne.

«Doubler» était un mot que Dantès n'aimait pas entendre. Le fait de se savoir trahi par un complice ou devancé par un concurrent le rendait fou furieux. Il ressentait cela comme une insulte. Un crime de lèse-majesté.

– Qu'est-ce que tu dis? réagit-il aussitôt comme si un serpent venait de le piquer.

– Vous vous rappelez l'affaire de Montbéliard?

– Les cent mille litres?

– Oui... Jusqu'ici, on croyait que c'étaient les Pointus qui étaient dans le coup...

– C'étaient pas eux?

– Non. C'est pas les Parisiens qui ont embarqué les camions.

– Alors qui?

– Je ne sais pas encore exactement... Mais c'est des gars d'ici.

– Des Marseillais?

– Oui.

– Qu'est-ce qui te fait dire ça?

Francis Piétri ne sortit pas cette fois son inséparable calculette de sa poche mais un calepin de couleur noire. Il l'ouvrit en tourna quelques feuillets à l'aide du pouce puis s'arrêta sur une page couverte de chiffres.

– Patron, les hommes de Berruti sont en train d'écumer toute la Côte en proposant un nouveau produit.

– Lequel

– De l'absinthe!

Le visage de Montana se rasséréna un peu. Ses lèvres esquissèrent une moue méprisante.

– Ça veut rien dire. Jusqu'ici, Mario n'a toujours été qu'un gagne-petit, pas un concurrent dangereux. On lui a laissé son secteur parce qu'il était régulier...

Calculette eut un sourire sibyllin.

– C'est vrai patron. Jusqu'ici Berruti a toujours été régulier. Mais il est en train de changer. Sa clientèle ne lui suffit plus. Il s'attaque à présent à la nôtre, hors de son secteur. Et comme il a de quoi fournir alors que nous sommes à sec...

La physionomie de Dantès se rembrunit. Il reprit après réflexion:

– Mario avait peut-être encore gardé quelques réserves?

Manifestement il essayait de trouver une explication à ce problème inhabituel, comme s'il repoussait l'idée qu'un concurrent jusqu'ici loyal cherchât à marcher sur ses brisées.

Le comptable secoua lentement la tête.

– Après six mois de crise, il y a longtemps que les stocks de Berruti sont épuisés. Comme le sont les nôtres. D'ailleurs, ce que ses gars proposent, ça n'est pas du pastis mais de l'absinthe. Il y a partout une énorme demande pour cette came. Ils prennent les commandes et annoncent que les livraisons auront lieu dans la quinzaine qui vient...

– Ça porte sur combien?

Francis Piétri tapota un instant sur sa calculette avant d'énoncer:

– D'après ce que j'ai pu apprendre, rien qu'auprès de nos clients les hommes de Berruti ont déjà placé dans les quinze cents litres. En multipliant ce chiffre par trois, facile de deviner ce qu'ils ont pu fourguer comme quantité en moins d'une semaine sur Marseille et la région à leurs propres clients.

Pour Dantès aussi, le calcul fut rapidement fait.

– Jusqu'ici, jamais Mario n'avait brassé une telle quantité de marchandise, dit-il d'une voix sourde, un peu comme s'il se parlait à soi-même.

– Vous comprenez patron pourquoi j'ai tout de suite pensé que le coup de Montbéliard avait été monté par quelqu'un d'ici? C'est l'alcool de là-bas qu'on a transformé en absinthe pour le vendre ici!

– A qui penses-tu?

– Pour réussir un coup aussi fumant, faut pas un amateur mais un type d'envergure à la tête d'une solide organisation. Ça élimine d'emblée les minables qui sont sur le marché. Dans ce cas, je ne vois plus que deux hommes aux épaules assez carrées pour avoir mené une telle opération: Paolini et Trois-Six! Mario a d'ailleurs l'habitude de travailler indifféremment pour l'un et pour l'autre.

– Paolini est au trou pour un an après que les G.I.R. sont tombés sur son atelier de Martigues, objecta Dantès.

– Il y a bien Salvard, son associé... avança pensivement Piétri. Pendant que son boss est en prison il a peut-être pris les choses en main?

– Salvard ne fait pas le poids, c'est un minus. Par contre Trois-Six a, lui, la carrure voulue pour avoir mené à bien une telle affaire!

Comme Montana restait cependant pensif après avoir émis cette hypothèse, Calculette aborda le sujet qui le faisait encore hésiter:

– Ce n'est guère le genre de Trois-Six de buter un type pour s'emparer de la came...

– Non, en effet, approuva Dantès, il n'a jamais été un

fana des calibres. Reste que ça n'est pas tous les jours qu'on a l'occasion de chouraver d'un seul coup cent mille litres de pur. Si le gardien de la distillerie s'est mis en travers, pas étonnant que Trois-Six ou l'un de ses hommes aient été obligés de défourailler.

Calculette resta à son tour un instant pensif puis il reprit perfidemment:

– En tout cas, quel qu'il soit, le fournisseur de Berruti est quelqu'un qui a de l'appétit. Il lui a donné carte blanche pour fourguer partout sa marchandise. Même en empiétant, mine de rien, sur le territoire des copains, étant donné que ceux-ci n'ont plus rien à vendre...

Edmond Montana resta tout d'abord de marbre. Mais, à la crispation de son visage, il devint manifeste qu'il ne ruminait pas des pensées bien pacifiques.

– Avec cent mille litres de pur, ces salauds vont non seulement ramasser un sacré paquet de fric, mais ils vont aussi prendre pied sur notre secteur, renchérit insidieusement Piétri. Pour nous, ce sera ensuite très dur de récupérer la clientèle...

La réplique ne tarda pas à sortir des lèvres de Dantès. Ce fut une proclamation sans appel. Une véritable déclaration de guerre:

– Pas question qu'on se laisse avoir par ces salauds! explosa-t-il. Tu vas réunir ce soir tous les hommes dans notre entrepôt de Saint-Martin. Je viendrai leur parler. Puisqu'il y a un gâteau à partager, faudra qu'on en ait notre part! Dans le cas contraire, ceux qui cherchent à me doubler auront intérêt à numéroter leurs abattis!

– Entendu patron, dit Calculette avec un petit sourire satisfait. Je suis sûr que les hommes seront aussi de votre avis.

Chapitre 7

La sonnerie du téléphone interrompit le travail du patron du G.I.R. occupé à compulser un dossier posé sur son bureau. Il décrocha le combiné. Une voix qu'il ne reconnut pas tout de suite s'enquit:

– Commissaire divisionnaire Teyssier?

– Lui-même.

– Je suis Jean-Jacques Hatier.

– Ah! Bonjour Monsieur l'Inspecteur principal. Comment allez-vous?

– Très bien, je vous remercie. Je vous appelle ce matin au sujet de l'affaire de Montbéliard. Avez-vous des informations nouvelles depuis notre dernier contact?

– Non, aucune. Toutes les investigations menées par mes équipes conjointement avec celles de la gendarmerie dans l'entourage de la victime se sont révélées négatives. Nous n'avons pas non plus retrouvé la moindre trace de l'alcool dérobé dans les entrepôts de la Distillerie Générale de l'Est. Le capitaine Garisson et moi sommes toujours pour l'instant dans le tunnel le plus opaque.

– Eh bien commissaire, je crois que nous allons tous avoir bientôt l'occasion de sortir de ce tunnel.

– Vous avez de nouvelles informations?

– Oui, quelques-unes...

– Alors je vous écoute?

Le chef du service des douanes toussa légèrement afin de s'éclaircir la voix puis reprit:

– Vous vous souvenez sans doute, Monsieur le commissaire, que j'avais évoqué, lors de notre première réunion dans le cadre du G.I.R., les récentes difficultés rencontrées par les gangs de l'alcool dans la région marseillaise?

– Oui, je m'en souviens.

– Depuis plusieurs mois, les activités des trafiquants se sont trouvées très perturbées par les actions que nous avons menées dans le domaine des stupéfiants...

– Et qui ont permis aussi à vos brigades de découvrir des distilleries clandestines...

– C'est cela. Nous avons pu démanteler aussi plusieurs réseaux de revendeurs de faux pastis, si bien que, depuis lors, les débits de boissons qui écoulaient cette marchandise se sont trouvés à court d'approvisionnement...

Hatier s'interrompit un instant avant de reprendre:

– Eh bien, il s'avère que cette pénurie est sur le point de prendre fin. Depuis quelques jours, les bars, les restaurants, les boîtes du Midi de la France sont en voie de recevoir de nouvelles livraisons d'apéritifs prohibés. Des rabatteurs prennent actuellement des commandes pour un nouveau produit: de l'absinthe à haut degré qui ne peut être fabriqué en France qu'à partir d'alcool pur dédoublé.

– D'où tenez-vous ces renseignements?

– Ainsi que je l'avais dit, j'ai mis mes services opérant dans le Midi en état d'alerte dès le lendemain de notre réunion, La consigne a porté ses fruits. Comme nous avons dans cette région plusieurs aviseurs parmi les débitants de boisson, ceux-ci nous ont signalé que depuis quelques jours ils étaient contactés par les rabatteurs des gangs de trafiquants d'alcool implantés dans la région marseillaise. Ceux-ci leurs proposent non pas du faux pastis comme ils en ont l'habitude, mais de l'absinthe d'une qualité paraît-il exceptionnelle titrant 60° et cela à un prix défiant toute concurrence.

– Vos services ont pu apprendre les noms du ou des commanditaires de ces rabatteurs?

– Pas encore. Vous n'ignorez pas que cette localisation est très difficile. Les gangs de l'alcool sont aussi cloisonnés que ceux de la drogue. En général, nous n'arrêtons que le menu fretin. Les gens que nous parvenons à coincer ne parlent pas, ne dénoncent jamais leurs patrons. Soit par prudence parce qu'ils craignent des représailles ultérieures, soit parce qu'ils savent qu'ils ne risquent que des amendes fiscales qui seront payées par leur organisation.

– Qu'est-ce qui vous fait donc penser que nous allons bientôt sortir du tunnel?

– On vient de m'adresser ce matin depuis Marseille une liste comportant une demi-douzaine de noms de grosses pointures du trafic d'alcool. Je suis persuadé que parmi eux se trouve celui qui a monté le coup de Montbéliard. Je vais donc vous faxer cette liste afin que vous puissiez la comparer avec votre propre ficher. Peut-être y trouverez-vous des clients intéressants?

– Je vous remercie, Monsieur Hatier, pour ces renseignements que je vais analyser dès réception. Je ne manquerai pas de vous faire savoir ce que j'en pense. En cas d'urgence, je vous contacterai, ainsi que le capitaine Garisson afin que nous mettions éventuellement au point une nouvelle tactique.

– Alors bonne chance, Monsieur le Commissaire divisionnaire. Et à très bientôt je l'espère.

Il n'était pas loin de midi lorsqu'une secrétaire apporta à Teyssier le dossier qu'il avait demandé au fichier central de la police judiciaire. Il plaça aussitôt ces documents dans des chemises où il avait déjà classé les renseignements que la douane lui avaient communiqués par fax quelques heures plus tôt.

Parmi la demi-douzaine de noms qu'il avait inscrits sur les chemises, il en retint trois en particulier parce qu'ils étaient déjà connus des services de la P.J.

La première fiche concernait le nommé Paolini Laurent, né à Porto-Vecchio le 24 juillet 1969. Son casier comportait trois condamnations: – deux pour vols qualifiés – une pour agression à main armée. Il était aussi fait mention d'un non-lieu dans une affaire de règlement de comptes entre gangs rivaux, affaire non élucidée ayant entraînée mort d'homme.

Le dossier fiscal de Paolini était également chargé. De nombreux procès-verbaux avaient été relevés à son encontre pour transport et vente d'alcool additionné de substances à base d'extraits anisés titrant plus de 45° – deux pour transport d'alcool rectifié frauduleusement – une autre pour utilisation d'alambics clandestins. Traduit devant le tribunal pour cette dernière infraction, Paolini avait été condamné le 27 octobre 2002 à un an de prison.

Ce truand aurait sans doute offert au commissaire divisionnaire Teyssier le profil d'un suspect idéal s'il n'était encore incarcéré pour de longs mois à la prison des Baumettes à Marseille, donc hors de cause dans l'affaire de Montbéliard.

Les cas de deux autres «clients» semblaient intéressants. Il y avait d'abord celui de Mario Berruti, né à Marseille le 25 août 1962 titulaire de quatre condamnations: une pour vol qualifié, les trois autres pour recels. La fiche de renseignements précisait que l'intéressé était propriétaire d'un établissement appelé «Chez Pépito» où la pègre marseillaise côtoyait la bourgeoisie locale ainsi qu'un certain nombre d'hommes politiques et agents électoraux. Berruti était également soupçonné de tenir un «tapis», mais malgré plusieurs descentes inopinées, la brigade des jeux n'était jamais parvenue à surprendre les joueurs en flagrant délit.

Côté fiscal, le patron du «Pépito» avait été sanctionné par de nombreuses infractions: importations frauduleuses de produits de contrefaçon, revente d'alcools illicites, de cigarettes de contrebande... Il s'en était tiré chaque fois avec de fortes amendes qu'il avait toujours réglées cash.

Le troisième suspect avait de loin le casier judiciaire le plus chargé. Par contre, en matière fiscale il n'avait jamais fait l'objet de transactions ni de condamnations. C'était uniquement les fortes présomptions pesant sur lui en matière de fraude sur les alcools qui motivaient la présence de son nom sur la liste des suspects.

Edmond Montana, né à Marseille le 17 janvier 1955, était connu dans le milieu sous le nom de Dantès. Son casier comportait plusieurs condamnations, dont l'une ayant entraîné mort d'homme. La note du fichier central précisait qu'il était soupçonné d'avoir exécuté lui-même ou commandité l'élimination d'un certain nombre de petits caïds ayant cherché à le supplanter. Aucune des enquêtes menées à son encontre par la P.J. n'avait abouti.

S'il était notoire que Montana était considéré comme l'un des parrains du milieu marseillais, il donnait le change en affectant une parfaite honorabilité. Ses sources de revenus étaient tout ce qu'il y avait de plus réguliers. Il possédait plusieurs hôtels-restaurants, des commerces de luxe et une bonne cinquantaine d'appartements locatifs qui lui permettaient de vivre très bourgeoisement aux côtés d'une ancienne «artiste» de night-club dans une luxueuse villa construite sur les hauteurs de la cité phocéenne.

Le responsable des douanes des Bouches-du-Rhône avait précisé dans son rapport que Montana était soupçonné d'être depuis quelques années le plus gros trafiquant d'alcool de la côte méditerranéenne. Son principal lieutenant nommé Aldo Piétri, ex-comptable indélicat, veillait à la bonne marche d'une organisation regroupant plusieurs dizaines d'hommes tous issus des milieux du grand banditisme.

A plusieurs reprises, les agents des douanes avaient perturbé les activités de ce gang. Une distillerie clandestine soupçonnée d'appartenir au nommé Dantès avait été surprise en pleine activité et les douaniers avaient saisi aussi plusieurs véhicules spécialement aménagés pour le transport d'alcool. Or, au cours de leur enquête, les agents du fisc s'étaient heurtés à un mur de silence. Aucun de ses complices surpris en flagrant délit n'avait chargé Edmond Montana. Des chèques mystérieusement émis depuis des comptes bancaires situés dans les îles Caïmans avaient réglé toutes les cautions et les amendes des inculpés.

Après avoir pris connaissance de tous ces documents, le commissaire divisionnaire Teyssier comprit qu'il tenait peut-être l'un des fils qui lui permettrait d'avancer un peu plus en direction de la vérité dans l'affaire de Montbéliard.

Puisque l'alcool dérobé en Franche-Comté faisait sa réapparition sur la côte méditerranéenne, c'est donc que les instigateurs du vol étaient bien des truands de la région marseillaise.

Le patron du G.I.R. décida aussitôt de faire mettre les deux principaux suspects, c'est-à-dire Mario Berruti et Edmond Montana, sous étroite surveillance par ses collègues méridionaux et de demander aux juges l'autorisation de les placer sur écoute.

Comme il était de plus en plus probable que l'alcool en provenance de la Distillerie Générale de l'Est serait transformé en apéritif prohibé loin des futurs lieux de distribution et qu'il prendrait la route du Midi de la France par des itinéraires détournés, Teyssier allait donner aussi des instructions pour qu'on intensifie les barrages routiers.

Il fallait à présent espérer que la mise en place de cet important dispositif policier porterait ses fruits.

CHAPITRE 8

René Bordini quitta l'avenue du Prado et s'engagea dans une petite rue moins éclairée dont l'un des côtés était, comme partout, encombré de voitures en stationnement. En arrivant en face de son immeuble, il eut cependant la chance de trouver une place libre et d'y garer en souplesse son Alfa GTV.

Avant de descendre, le jeune homme jeta un coup d'œil à la montre du tableau de bord. Il allait être minuit moins le quart.

A cette heure, la rue Lambrosino était déserte. Même durant la journée, c'était un quartier tranquille habité surtout par des retraités moins bruyants que les locataires des H.L.M. voisins des Olivettes. René Bordini résidait là depuis son enfance avec sa mère, une veuve d'une cinquantaine d'années qui faisait des ménages pour améliorer la petite pension de réversion qu'elle percevait suite au décès de son mari ancien employé municipal.

Depuis qu'il plaisait à des amis fortunés et gagnait aussi beaucoup d'argent comme «représentant» dans des affaires bizarres René aurait voulu que sa mère s'arretât de travailler. Elle avait refusé qu'il lui servît une pension. Ce n'était pas le fait de vivre aux crochets de son fils qui la chagrinait, mais parce qu'elle avait fini par apprendre le genre de commerce dont il tirait ses revenus.

– Ça finira mal Néné, disait-elle. A force de fréquenter ces débauchés, ils te flanqueront le sida. Quant à ton soi-disant emploi de représentant en alcools, ce trafic ne durera pas aussi longtemps que les impôts. Tu te feras prendre un jour ou l'autre! En mémoire de ton pauvre père qui était un homme si honnête, je ne voudrais pas que tu retournes en prison!

Beau gosse, René Bordini était homosexuel. Il fréquentait les boîtes gay de Marseille et y retrouvait chaque soir de riches partenaires. Durant la journée, il s'occupait à vendre des alcools et souvent aussi des produits de contrebande dans les nombreux établissements d'un périmètre défini selon les règles en vigueur entre les gangs marseillais.

Avant de faire le commerce de ses charmes et celui de pastis prohibé, René Bordini avait déjà eu à deux reprises maille à partir avec la justice. La première fois, il était tombé dans une affaire de mœurs, la seconde dans une histoire de chèques falsifiés. C'était d'ailleurs en prison qu'il avait lié connaissance avec les gens du milieu.

Pour l'instant, les affaires de Néné étaient florissantes. Si cette nuit il rentrait tard au bercail, ça n'était pas parce qu'il avait passé, comme il le faisait souvent, une partie de la soirée dans l'appartement d'un Bobo marseillais, mais parce qu'il avait fait des heures supplémentaires pour le compte de Mario Berruti, son patron.

Il avait occupé sa journée à visiter une grande quantité de débits de boissons, des plus modestes aux plus huppés. Depuis bien longtemps, son carnet de commandes n'avait pas été aussi garni. L'absinthe, le nouveau produit qu'il proposait, et surtout son prix modique emballaient tellement la clientèle que c'en était de la folie. Si ça continuait comme ça, il allait se faire une gratte sans précédent. Il pourrait envisager de réaliser un rêve qu'il caressait depuis longtemps: acheter un bel appartement dans un immeuble de standing sur les hauteurs de Marseille.

En sifflotant comme il en avait l'habitude lorsqu'il était content de sa journée, René Bordini éteignit ses phares, retira la clef de contact du tableau de bord et sortit du véhicule.

Juste au moment où il actionnait la commande de fermeture automatique des portières, il sentit un objet dur se plaquer entre ses omoplates!

– Bronche pas Bordini! On veut te dire deux mots! dit une voix autoritaire.

Le jeune conducteur de l'Alfa GTV tourna aussitôt la tête, mais en raison de la pénombre il ne vit pas tout de suite à qui il avait affaire! Déjà, des mains expertes fouillaient ses poches pour s'assurer qu'elles ne recelaient pas de calibre. Pas plus cette nuit que les autres, il ne portait d'arme sur lui.

D'une bourrade dans le dos, quelqu'un le poussa sans ménagement et l'obligea à marcher.

– Mais... Qui êtes-vous?... Qu'est-ce que vous me voulez?

– Tu vas le savoir bientôt! En attendant, tu nous suis en fermant ta gueule!

Le type qui l'apostrophait et son copain n'appartenaient sans doute pas à la police comme il l'avait cru tout d'abord, car ils auraient d'emblée décliné leur qualité. René était donc victime d'un enlèvement.

Le jeune homosexuel regarda désespérément à droite et à gauche en espérant voir apparaître un passant ou des «roupanes»[1] en patrouille. Hélàs! la rue était vide. Pas un chat à l'horizon. Il eut la tentation de se mettre à crier pour ameuter les gens du quartier, mais en voyant ses deux agresseurs il comprit qu'il n'avait pas intérêt à le faire. S'il renâclait à les suivre, au mieux ils l'assommeraient pour qu'il se taise, au pire il le flingueraient à l'aide des automatiques braqués sur lui.

Bordini garda donc un silence prudent. Il se laissa pousser jusqu'à un 4 x 4 en stationnement à une cinquantaine de mètres de l'endroit où il venait d'être intercepté.

On le fit monter à l'arrière. En prenant place, il vit qu'il y avait déjà quelqu'un sur le siège avant, à côté du chauffeur. Il reconnut aussitôt ce passager.

Bien qu'il eût passé avec succès son baccalauréat, Néné ne se souvenait plus très bien qui d'Henri IV ou de Louis XI avait le premier régné sur la France. Par contre, il connaissait par cœur le curriculum vitae de tous les caïds de la cité phocéenne. A quelques mois de prison près, il aurait pu énoncer leurs pedigrees et le rang qu'ils occupaient dans la hiérarchie du milieu.

L'homme assis à l'avant du 4 x 4 était une grosse pointure: Edmond Montana, dit Dantès. Un des pontes du

---

[1] Gardien de la paix circulant à V.T.T.

négoce clandestin de l'alcool dans la région marseillaise!

Pour qu'un personnage aussi considérable s'intéressât à lui, obscur exécutant de la corporation, il fallait qu'il ait commis une faute grave.

Saisi par une panique soudaine, Néné sentit ses entrailles se nouer, un frisson couler le long de son échine sous son beau polo shirt italien.

– Salut mon gars, dit l'autre d'un ton qui se voulait jovial mais qui avait en fait l'aménité d'un flic interpellant un quidam.

– Bon... Bonsoir.... Mo... Monsieur Montana... bafouilla Bordini.

Tandis que l'un des deux autres types prenait place au volant du 4 x 4 et amorçait une manœuvre pour se dégager de l'aire de stationnement, René essaya de refaire surface et de se remémorer les entorses qu'il avait pu faire à la loi du milieu. Il n'avait jamais tenu le moindre propos désobligeant vis-à-vis de Dantès, pas plus que dérogé à la règle de parfaite discrétion régissant le négoce de l'alcool illicite.

Il se souvint néanmoins de quelques peccadilles. A plusieurs reprises, il avait en effet majoré à son profit les prix de plusieurs lots d'apéritifs anisés livrés dans des boîtes fréquentées par des homos. Cela sans attirer l'attention de Mario Serrati, son patron. Mais c'était au détriment de ce dernier, pas de celui d'Edmond Montana. Alors, qu'est-ce qu'il pouvait bien lui vouloir pour que celui-ci ne soit déplacé en personne?

Ça n'avait rien de rassurant. Dantès était réputé pour avoir flingué des tas de types sans qu'on connaisse les raisons de leur mort.

Une fois sur le boulevard du Prado, le 4 x 4 prit place dans le flot de la circulation un peu moins dense à cette heure avancée. Le véhicule roula durant une bonne vingtaine de minutes en respectant la vitesse autorisée, en s'arrêtant sagement aux feux de croisement. Le prisonnier remarqua qu'ils se dirigeaient en direction des quartiers hauts de la ville et non vers les Calanques où se déroulaient habituellement les règlements de comptes. Ça ne le rassura pas pour autant. Le mutisme de ses ravisseurs ne lui disait rien que vaille.

Soudain, alors qu'il se torturait l'esprit pour essayer de comprendre les raisons de son enlèvement, il eut la révélation brutale de l'énigme. Elle lui glaça le sang.

Le 4 x 4 venait de virer à droite et s'engouffra par un portail électrifié à l'intérieur d'une vaste propriété arborée aux allées éclairées par des lampadaires. Le véhicule se gara devant une superbe villa blanche ornée d'un péristyle. Dantès descendit le premier, aussitôt suivi par les deux autres. Celui qui se trouvait à l'arrière le poussa dehors à son tour et le fit gravir les marches du perron. Tous pénétrèrent à l'intérieur de l'imposante maison. Ils traversèrent un long vestibule et Montana, qui les précédait, entra dans une pièce dont la lumière s'alluma automatiquement. Il s'installa derrière un bureau et d'un geste fit signe à Bordini de prendre place devant lui dans un fauteuil en cuir. Les deux autres hommes qui avaient remisé leurs calibres dans leurs holsters restèrent debout derrière le prisonnier.

Plusieurs dizaines de secondes s'écoulèrent que Dantès mis à profit pour feuilleter un dossier étalé sur son bureau.

Tout était très calme dans la maison. On entendait seulement par une fenêtre entrouverte un lointain bruit de circulation en provenance d'une bretelle d'autoroute.

Dantès finit par refermer le dossier. Il se leva et, tranquillement, se dirigea vers le fond de la pièce. Il ouvrit un meuble, en sortit une bouteille de whisky et trois verres qu'il remplit généreusement en invitant ses deux acolytes à venir en prendre chacun un.

Lorsqu'il eut achevé de boire une première gorgée d'alcool, le patron alluma une cigarette et revint s'asseoir derrière son bureau, en face de Néné qui n'en menait toujours pas large.

– Alors petit, commença Dantès d'une voix toujours très calme, j'espère que tu as bien réfléchi depuis tout à l'heure et qu'il est inutile qu'on t'explique pourquoi on t'a amené ici?

Sous le regard glacial de son hôte, René Bordini perdit le peu de moyens qu'il lui restait encore. Il leva une main tremblante et dit d'une voix blanche de potache pris en faute par un prof:

– J'vais vous expliquer, M'sieur Dantès... Moi, dans cette affaire, j'y suis pour rien... C'est pas ma faute si j'ai empiété sur vot'secteur...

– Ah oui? Alors c'est la faute à qui?

Néné ravala bruyamment sa salive.

– C'est notre patron... C'est M'sieur Mario qui nous a donné carte blanche...

– Tiens donc!

– Oui, c'est vrai. Quand il nous a réunis au «Pépito» la semaine dernière pour nous prévenir qu'on allait avoir du travail, M'sieur Mario a dit comme ça: «Cette fois, les gars, va falloir mettre le grand braquet! Y aura beaucoup de fric à ramasser. Vous s'rez les seuls, de Perpignan à Menton, à pouvoir fournir de la marchandise pendant une partie de l'année 2003. Et pas d'la bibine! De l'absinthe d'une qualité exceptionnelle. Comme tous les autres sont à sec depuis des semaines, vous pourrez fourguer tous azimuts. On leur fera pas concurrence. Ça leur rendra même service car à force d'attendre, leur clientèle habituelle pourrait se lasser. D'ailleurs, je s'rai régulier avec eux. Ils toucheront leur part...»

Edmond Montana n'avait pas bronché durant tout ce plaidoyer rapidement débité par un garçon aux abois qui savait qu'il devait convaincre son interlocuteur dans les plus brefs délais pour ne pas avoir de gros ennuis.

– Alors, selon toi, Mario aurait dit tout ça? demanda-t-il en clignant légèrement l'œil droit à cause de la fumée de sa cigarette.

– J'vous l'jure, M'sieur Montana! D'ailleurs, vous n'aurez qu'à d'mander aux autres... A M'sieur Mario lui-même...

Montana continuait de fixer le jeune homosexuel comme un chat regarde la souris qu'il s'apprête à croquer.

– Et tu espères me faire avaler ça? dit-il en hochant la tête avec un petit sourire bizarre.

– C'est la vérité, M'sieur Dantès... J'peux pas vous dire autre chose...

Le caïd de l'alcool secoua la cendre de sa cigarette blonde au-dessus d'un cendrier en cristal posé sur son bureau. Il reprit d'un ton toujours aussi calme, presque conciliant:

– Tu es encore jeune dans le métier, petit. Pourtant, ça m'étonnerait que personne ne t'ait averti de ce que tu risquais en venant chasser sur les terres d'Edmond Dantès!

– Moi, j'ai cru que M'sieur Mario vous avait prévenu? Autrement j'aurais jamais osé v'nir travailler sur vot'secteur, M'sieur Dantès...

Montana changea brutalement de ton:

– Mario! Mario! Il a bon dos Mario! Jusqu'à présent, il a toujours été régulier avec moi. Pourquoi aurait-il changé d'attitude à mon égard? La vérité, c'est que ce n'est pas lui qui a essayé de me doubler, mais toi, espèce de petit salaud!

L'angoisse de Néné grandit encore d'un cran. Il s'écria:

– Non M'sieur Dantès! C'est pas vrai! J'ai pas essayé de vous doubler! J'vous l'jure! J'vous l'jure!

Montana balaya d'un geste ces dénégations.

– Tant pis pour toi! Tu vas payer! Ça servira d'exemple à tous les autres! On va te coller une ou deux bastos dans les tripes, t'attacher vingt livres de ciment aux pompes et t'envoyer dire bonjour aux sardines du Vieux Port!

Une lueur d'épouvante passa dans le regard de René Bordini.

Il se laissa glisser du fauteuil où il était assis et se mit à genoux devant Montana.

– Non! Faites pas ça, M'sieur Dantès! Faites pas ça, j'vous en supplie! Songez à ma pauvre mère qui n'a plus que moi sur terre. Qu'est-ce qu'elle va d'venir?... Si vous voulez, j'travaillerai pour vous... Gratos... J'vous donnerai tout ce que j'possède pour vous dédommager du tort que j'ai pus vous causer... J'vous donnerai tout! Même ma tire...

Il pleurnichait d'un ton plaintif, lamentablement.

– Pauvre minable! si tu savais ce que je m'en fous de ton pognon! C'est pas ça qui me fera changer d'avis!

– Alors dites-moi ce que je dois faire? Ce qui vous intéresse? Comment j'peux me racheter, M'sieur Dantès?

Un sourire cynique illumina brusquement le visage d'Edmond Montana. Il avait toujours aimé humilier ses adversaires, les avilir, triompher par la terreur et les réduire à sa merci. C'est ainsi qu'il avait assis son autorité dans le milieu. Tout le monde filait droit sous sa férule. Parce qu'on savait qu'à la moindre incartade, il sévissait sans pitié.

Un long instant, il jouit du spectacle désolant qu'offrait Bordini en train de chialer comme un gosse. Il reprit finalement la parole et dit d'une voix redevenue étrangement calme:

– Il y a peut-être un moyen de t'en sortir. Mais je me demande si ça en vaut la peine? Si tu le mérites et si je peux te faire confiance?

En entendant ces propos, un fol espoir traversa l'esprit de Néné. Entre ses larmes, il leva un regard implorant sur son tourmenteur et s'exclama très vite:

– Oh! si, M'sieur Dantès, vous pouvez m'faire confiance! Je ferai tout pour vous servir! Tout!

Pour conforter cette profession de foi, Bordini abandonna sa position ridicule et se remit debout face à Montana.

Le caïd de l'alcool observa à nouveau un silence prolongé.

Il sembla réfléchir puis questionna:

– Est-ce que Mario vous a dit d'où venait l'absinthe que toi et tes gus sont en train de fourguer à Marseille et ailleurs?

Néné regarda Edmond Montana d'un air complètement ahuri.

C'était un sujet tabou pour tous les membres des gangs. Personne ne savait jamais d'où venait la marchandise prohibée. Personne ne cherchait d'ailleurs à connaître sa provenance. A la date convenue, chacun recevait son contingent d'alcool et s'empressait de le distribuer selon les commandes préalables. Ce cloisonnement entre la production et la distribution était rarement transgressé. Moins les hommes en savaient sur les rouages des organisations, mieux cela valait pour la sécurité de leurs chefs.

Cette fois, c'était la même chose. Néné ignorait totalement où et comment Mario Berruti s'était procuré la boisson qu'il devait vendre! Cette fois, l'ignorance de la source d'approvisionnement de la marchandise fournie par son boss le paniqua. Comme il ne pouvait pas répondre à son tortionnaire, il resta pantois, bouche ouverte, incapable de prononcer la moindre parole.

Une gifle retentissante balancée de derrière par l'un de ses silencieux anges gardiens le ramena à la réalité et le fit chanceler.

– Tu entends gonzesse? Monsieur Montana t'as posé une question!

Néné fut à nouveau sur le point de se remettre à pleurer. Il se maîtrisa cependant et tenta maladroitement de se justifier:

– On... On ne nous a rien dit... On sait pas d'où vient la marchandise. M'sieur Mario a seulement dit que c'était de la bonne came... Qu'on aurait de quoi répondre à la demande durant toute l'année 2003...

Pendant ces explications laborieuses, Edmond Montana venait de rallumer une autre cigarette.

– Quand allez-vous recevoir l'absinthe?

– Dans quelques jours... On sera prévenus comme d'habitude individuellement par Mario... Par M'sieur Mario... Y nous appellera sur nos portables.

– Comment ça se passe quand vous récupérez la marchandise?

Le jeune homo passa sa main sur son visage imberbe et rejeta en arrière des mèches de cheveux collées sur ses joues par les larmes. Il reprenait lentement le dessus. Il commençait aussi à comprendre vaguement ce qu'on attendait de lui. Pourquoi il allait pouvoir s'en sortir s'il ne commettait pas de nouvelles bévues.

– En général, reprit-il en affermissant sa voix pour paraître plus crédible, on nous donne rendez-vous la nuit en pleine nature, dans un coin peinard. Tous les revendeurs viennent avec leur propre tire. Quand les camions arrivent, on se dépêche de décharger les caisses. Chacun reçoit son contingent. Ça dure jamais plus d'une heure. Ensuite, tout le monde se casse. En empruntant des itinéraires différents que Mario nous communique. Comme ça, si un copain tombe en route sur un contrôle de la douane ou de la police, les képis ne piquent qu'un seul chargement.

– Combien serez-vous sur le coup cette fois?

– La semaine dernière, on était neuf à la réunion du «Pépito». Il paraît que les Parisiens seront aussi de la partie. Qu'un contingent leur sera réservé.

A la suite de ces explications, Dantès réfléchit un instant, puis reprit la parole:

– Ce que tu viens de me dire ne manque pas d'intérêt, dit-il lentement en fixant son regard froid sur le prisonnier. Mais c'est encore insuffisant pour te tirer d'affaire. J'ai besoin d'en savoir beaucoup plus sur cette opération...

Mi-figue mi-raisin, Néné observait une prudente expectative.

– A partir de maintenant, reprit Montana, tu vas être un mort en sursis. Je vais te donner une dernière chance. A condition que tu travailles pour moi et que tu marches droit!

Il tira une nouvelle bouffée de sa cigarette et rejeta la fumée par petits jets en gonflant sa joue droite.

– Tu vas t'arranger pour en savoir plus sur cette affaire. Où l'absinthe est fabriquée? D'où provient l'alcool? D'autre part, dès que tu connaîtras la date et le lieu du transfert, tu m'en informeras. T'as compris?

– Oui, M'sieur Dantès.

– A présent, comme un homme averti en vaut deux, je te préviens d'avance que si tu avais la mauvaise idée d'aller raconter notre petite conversation de ce soir à Mario Berruti ou à qui que ce soit d'autre, ton sursis ne serait pas de longue durée. Tu dois certainement savoir que tous ceux qui ont jusqu'ici essayé de me doubler n'ont pas fait de vieux os. Alors petit, à bon entendeur salut!

CHAPITRE 9

Charly Sechoukian repéra la Mercedes du patron à la sortie d'un virage. Elle était garée tous feux éteints sur une aire de stationnement en bordure d'une départementale qui traversait les vignobles du Mâconnais. Le chauffeur du Berliet comprit aussitôt qu'il ne devait plus être très éloigné du terme de son voyage. Il était en effet convenu que Trois-Six s'arrêterait à environ un kilomètre du point de rendez-vous et donnerait depuis là ses dernières instructions. Cependant, comme d'habitude, il ne participerait pas directement aux opérations de transfert de la marchandise. C'était une des règles de sécurité observées par les caïds de gangs de l'alcool: jamais aucun d'eux ne se montrait physiquement sur les lieux où s'effectuaient les ultimes transactions.

Jusqu'ici, la randonnée nocturne de Sechoukian s'était déroulée sans anicroche, selon le plan et l'horaire prévu. Il ralentit l'allure de son camion et fit un appel de phares à Serrati qui répondit aussitôt en lançant ce message codé sur la C.B.

– Tout est O.K Charly! Je viens de passer au garage. J'ai laissé la porte ouverte. Moi, je rentre à la maison!

– Entendu patron! Bonne nuit!

Ça signifiait que Trois-Six s'était rendu sur les lieux où allaient se dérouler les opérations d'échange et qu'il n'avait rien remarqué d'anormal.

Avec lui, les rencontres avec la «clientèle» se déroulaient toujours selon un plan d'action très étudié. Il prévoyait tout à l'avance. Le lieu de rendez-vous dans un endroit discret hors agglomération, les voies d'accès à proximité d'une bretelle d'autoroute, timing strict à respecter. Si l'un ou l'autre des intervenants avaient plus d'une demi-heure de retard, la rencontre était annulée. Chacun des participants regagnait son point de départ.

En matière d'organisation, Trois-Six était vraiment un type extraordinaire. L'alcool dérobé à la Distillerie Générale de l'Est avait non seulement été planqué en lieu sûr, mais dans les jours suivant le vol, sa transformation en absinthe de synthèse s'était effectuée. Tous les éléments nécessaires à la fabrication et au conditionnement du produit étaient arrivés dans les locaux de l'ancienne tuilerie de la Forêt d'Amont, rebaptisée pour la circonstance en siège de la Société Duchêne, installateur de chauffage central industriel. Extraits chimiques en provenance d'un laboratoire spécialisé, bouteilles en verre au design spécialement étudié, fausses étiquettes, bouchons, capsules, casiers... rien n'avait manqué. Déjà plus de dix mille litres de cet apéritif prohibé étaient prêts pour la commercialisation.

Cette nuit, Charly allait effectuer une première livraison de cinq mille bouteilles aux hommes de Mario Berruti dont l'équipe monterait du Midi. La semaine suivante, ce serait au tour des Parisiens de Mourad Challah. Bien que celui-ci fût de confession musulmane et ne consommât personnellement pas d'alcool, il contrôlait un important réseau de trafiquants de faux pastis sur la région parisienne.

Pour le transfert, Antoine Serrati avait également tout prévu. Il avait déniché un point de rencontre idéal. Une carrière abandonnée, dans les monts du Mâconnais, pas très éloignée de l'A 31. Qu'ils arrivent de Marseille ou de Paris, les clients seraient facilement à pied d'œuvre.

Charly Sechoukian exultait. Dans quelques semaines, quand tout serait terminé, lorsque le stock d'absinthe serait liquidé, il percevrait sa part de bénéfice. Celle-ci serait rondelette, compte tenu du fait que l'alcool de base n'aurait rien coûté au départ, le profit réalisé par la bande de Trois-Six serait considérable. Le patron avait promis à ses gars de partager avec eux tous ses gains.

Avec ce pactole, Sechoukian envisageait de monter une salle de sports. Il y entraînerait de jeunes boxeurs marseillais qu'il prendrait sous contrat. Il avait connu ça autrefois lorsqu'il était professionnel et qu'un certain Castellani le manageait. Celui-ci l'avait exploité sans vergogne. Même à l'époque où Charly tenait les premiers rôles sur les rings de la côte méditerranéenne, il n'avait presque rien gagné tandis que son coach empochait des millions. Plus tard, après son accident au cours d'un match contre l'Espagnol Hernandez, Castellani l'avait viré comme un malpropre.

Sechoukian se souviendrait toute sa vie de cet affront. Il s'était juré que, si un jour il refaisait surface, il monterait une affaire afin de concurrencer son ex-manager. Celui-ci possédait toujours sa salle de sport près de la gare Saint-Charles où il continuait d'estamper de jeunes boxeurs incrédules. Lui se promettait d'être plus réglo vis-à-vis de ses futurs poulains et de débaucher ceux de Castellani en leur offrant de meilleurs contrats.

Charly était aussi transporté de joie à l'idée du bien-être qu'il apporterait à sa famille. Jusqu'ici, sa femme et ses deux mouflettes n'avaient pas été gâtées par la vie. Elles avaient connu des jours difficiles pendant ses incarcérations. Deux ans de dur pour carambouille sur voitures de luxe, plus trois autres pour trafic de fausses devises. Ensuite, à sa sortie de taule, plus de boulot, la galère. Jusqu'à ce qu'il entre au service de Trois-Six, qui lui assurait un revenu décent. Grâce au coup fumant réalisé à Montbéliard, l'avenir s'annonçait encore beaucoup plus rose. Il entrevoyait même sa sortie définitive du tunnel, son retour à une vie plus normale.

Malgré ce sentiment d'euphorie, Charly ne roulait cependant pas d'une manière décontractée. Rien n'était encore définitivement gagné. Tant que la livraison ne serait pas arrivée à destination, il resterait sur ses gardes car il connaissait les dangers du métier: un barrage de flicaille, un accident, une panne... Tout pouvait encore arriver. C'est la raison pour laquelle il serait prudent jusqu'au bout.

C'était une splendide nuit de printemps. Avec un ciel clair dégagé de nuages. La lune blonde semblait glisser tel un gros galet rond sur la piste cendrée des étoiles. Il aurait presque pu circuler sans ses phares, tellement on distinguait bien la route et le paysage.

Lorsqu'il pressentit qu'il approchait du but, Charly rétrograda ses vitesses. Trois jours auparavant, quand il était venu reconnaître les lieux avec le patron, il avait remarqué que le chemin conduisant à la carrière abandonnée était mal indiqué. Il ne tenait pas à en manquer l'entrée.

Tout à coup, il repéra une trouée dans les haies vives en bordure de la route. C'était l'endroit. Il stoppa en pleine côte, puis repartit en première avant de tourner sur la droite et de s'engager au ralenti sur un chemin frangé d'ornières, à moitié mangé par les ronces et les herbes folles.

Bien qu'il roulât au ralenti, le Berliet cahota sur près de deux cents mètres en faisant gémir ses amortisseurs.

Il arriva enfin au pied d'une haute falaise crayeuse, sur une sorte d'esplanade où plusieurs véhicules utilitaires stationnaient, tous feux éteints. Il en conclut que les gars de Mario Berruti l'avaient précédé.

Sechoukian décrivit un large arc de cercle et vint placer son camion dans l'axe du chemin qu'il venait d'emprunter, laissant toutefois un passage par lequel les autres voitures pourraient repartir. Il arrêta son moteur et descendit de sa cabine.

Ils étaient une demi-douzaine à discuter au pied de la falaise. Tous se rapprochèrent de l'ancien boxeur et vinrent lui serrer la main. Parmi eux, il en reconnut quelques-uns avec lesquels il avait déjà été en contact lors de précédentes livraisons dans la région marseillaise.

– Je suis un peu en retard, s'excusa-t-il.

– Non, c'est nous qui sommes en avance

– Vous êtes tous là?

– Oui.

– C’est bon, on va pouvoir commencer.

Pour la première fois, les types remarquèrent l’étrange cargaison du camion. Trois énormes cuves à fuel solidement amarrées à l’arrière par des câbles d’acier.

– Où est donc la marchandise? questionna l’un des hommes.

– Là-dedans! dit Charly calmement en désignant les réservoirs métalliques.

– Bon Dieu! Ça c’est une sacrée idée! Jamais personne n’a songé à transporter du pastis dans des cuves à mazout!

– Comment on va récupérer les bouteilles? demanda un autre type. Va falloir entrer à l’intérieur et passer les caisses une à une par les regards?

Sechoukian ne répondit pas immédiatement. Il grimpa sur la plate-forme du Berliet.

– Eclaire-moi, dit-il à l’un des hommes qui tenait une lampe-torche.

Tandis que l’autre dirigeait sur lui un faisceau lumineux, Charly, armé d’une clef à mollette, commença à déboulonner des écrous sur le pourtour circulaire, à l’extrémité de l’une des cuves. Lorsque ce travail fut achevé, il démonta sans difficulté le fond convexe du cylindre et l’enleva comme un couvercle.

Les casiers de bouteilles empilés, soigneusement enrobés de paille, apparurent alors à l’intérieur de la cuve.

– Génial! s’exclama le premier des types en applaudissant.

De fait, pour ces hommes qui avaient l’habitude de transporter des cargaisons clandestines d’alcool, la plupart du temps dans des conditions difficiles, cette astuce était totalement inédite.

Tous se dirent qu'il était peu probable que la douane ou la police puissent soupçonner la supercherie autrement que sur dénonciation. Des cuves à mazout, il en circulait en effet chaque jour des dizaines sur les routes de France. On les transportait généralement des usines où elles étaient fabriquées jusque sur les chantiers de construction où elles seraient installées. Comme elles étaient toujours vides, personne n'avait jamais l'idée de s'assurer qu'elles sonnaient bien le creux. En y réfléchissant, les gars de Mario Berruti songeaient à présent que le camion de Charly aurait pu franchir cent barrages sans attirer l'attention des policiers ou des gabelous.

Tandis que ses clients s'extasiaient sur cette extraordinaire subterfuge, Sechoukian s'activait à démonter les fonds des autres citernes.

Bientôt, les caisses d'absinthe commencèrent à passer de main en main jusqu'aux véhicules des Marseillais. Dès que les camionnettes étaient presque pleines, leurs conducteurs complétaient les chargements avec des sacs ou des cartons contenant des articles de bimbeloterie en matière plastique. En cas de contrôle inopiné sur la route, la couverture officielle des «représentants» de Mario Berruti consistait à simuler la revente de ces gadgets.

A peine chargés, les véhicules utilitaires quittaient aussitôt la carrière. Les conducteurs tenaient à regagner Marseille le plus rapidement possible. Tous s'éloignaient sur un simple:

– Tchao! les gars!

– Tchao! répondaient les autres sans interrompre leur tâche.

Le déchargement du Berliet s'effectua en un temps record, sans autre anicroche qu'une maladresse de l'un des hommes qui laissa échapper une des caisses que lui tendait Charly depuis le plateau du camion. Une bouteille d'absinthe se cassa et son contenu coula sur la ridelle.

– T'en fais pas mon pote, dit Charly au maladroit, celle-là, on ne te la facturera pas!

D'un coup de pied, l'ancien boxeur dégagea les débris de verre et poursuivit son travail. Celui-ci ne tarda pas à s'achever. Il n'avait duré que quarante-cinq minutes.

La dernière camionnette partie, Sechoukian se retrouva seul dans la carrière. Tout s'était bien passé. A présent, il allait rentrer tranquillement à la Tuilerie pour y prendre quelques heures de repos avant de se remettre, le lendemain, au fastidieux travail d'embouteillage de l'absinthe en prévision d'une prochaine livraison destinée à l'équipe de Mourad Challah qui viendrait de Paris.

Une fois les couvercles des cuves à nouveau verrouillés, Charly sauta à bas du camion et décida de s'accorder quelques minutes de répit avant de reprendre la route. Il sortit un paquet de tabac de la poche de sa veste et commença tranquillement à bourrer sa pipe.

La nuit était toujours aussi paisible. La lune et des myriades d'étoiles éclairaient la carrière comme en plein jour, laissant seulement dans l'ombre le bas de la falaise, un endroit en partie recouvert de broussailles.

Ce fut précisément de ce côté qu'un bruit se fit entendre. Intrigué, Charly pensa tout d'abord qu'il s'agissait d'un animal regagnant son gîte après l'effervescence qui venait de régner sur le site. Il ne tarda pas à changer d'avis. Quelqu'un marchait au fond de la carrière. Des pierres roulaient sous ses pas.

Le premier réflexe de Sechoukian fut de grimper à bord de son camion et de prendre le large puisqu'il n'avait plus rien à faire en ces lieux. Sa curiosité fut plus grande que sa prudence. Il décida d'attendre pour voir qui pouvait bien avoir à faire cette nuit en ce coin désert?

CHAPITRE 10

Pendant les quelques dizaines de secondes qui suivirent, les pas se rapprochèrent. Charly Sechoukian comprit qu'ils devaient être au moins deux à s'avancer vers lui.

S'agissait-il de braconniers, de gardes de l'O.N.F. ou de policiers en planque dans ce secteur? En voyant une équipe occupée à décharger son camion, ces gens-là avaient-ils deviné qu'ils se livraient à un acte délictueux?

Il n'eut pas le temps de se poser d'autres questions. Les pas devinrent de plus en plus distincts. Deux silhouettes humaines surgirent de l'ombre qui stagnait au pied de la falaise. Deux types de haute taille. Des costauds vêtus de costumes clairs.

Sur le moment, il crut qu'il s'agissait de flics ou de douaniers en civil. Son cœur se mit aussitôt à battre très fort dans sa poitrine.

Il se rassura vite. Après tout, les autres ne lui pouvaient rien. Il n'y avait plus un seul litre d'absinthe dans ses cuves. Pour être efficace, leur intervention aurait dû se produire une heure plus tôt. Ils auraient pu alors constater un flagrant délit. A présent, ils n'avaient plus affaire qu'à un inoffensif transporteur de citernes à mazout.

Les deux inconnus se rapprochèrent encore et finirent par s'arrêter devant lui. Comme la lune les éclairait de face, l'ancien boxeur se demanda s'il n'avait pas déjà rencontré l'un d'eux quelque part? Ce gars joufflu et moustachu aux larges rouflaquettes noires lui rappelait quelqu'un qu'il connaissait.

– Alors, dit le type, on se repose?

– C'est défendu? riposta Sechoukian d'un ton agressif.

– Non. Après un boulot fatigant, c'est normal qu'on fasse une petite pause.

Sans cesser d'observer les autres ni de rester sur ses gardes, en réfléchissant, Charly tira une bouffée de sa pipe. Cette fois pas de doute, les deux hommes avaient assisté aux opérations de transfert de la marchandise. Puisqu'ils n'avaient pas moufté au moment où les gus de Mario Berruti étaient-là, ça n'étaient donc pas des fonctionnaires. Qu'est-ce que ces types voulaient à présent qu'il était seul dans la carrière? Le dérouiller pour lui chourer son portefeuille? Lui voler son bahut? Pour eux ça ne serait pas une partie de plaisir. En effet, à moins qu'ils ne sortent des calibres, Sechoukian se sentait de taille à les affronter, bien qu'ils fussent aussi tous deux de véritables armoires à glace. Contre l'ancien champion mi-lourd qu'il était, ils ne feraient pas le poids. A la moindre menace, il leur balancerait deux directs en pleine gueule et ils iraient ensuite ramasser leurs quenottes à quatre pattes dans les caillasses.

– Tu dois quand même être fatigué? reprit le type qu'il croyait avoir déjà rencontré. Toutes ces caisses pleines de litrons c'était lourd!...

– D'autant, ironisa le second, que toi et tes copains vous n'avez même pas pris le temps de déboucher une bouteille pour trinquer à l'amitié! Ils ont tous pris leurs cliques et leurs claques comme s'ils avaient le feu au cul.

– Le feu ou la flicaille! renchérit le premier.

Sechoukian commençait à perdre patience. Il n'appréciait guère leur genre d'humour. D'autant que cette fois l'allusion au trafic était évidente. Il enleva sa pipe d'entre ses dents et demanda:

– Qu'est-ce que vous voulez dire au juste?

– Joue pas les innocents. Tu sais très bien de quoi on veux parler!

– Non. Je ne sais pas...

– Alors qu'est-ce que tu fous ici? En plein bled? A une plombe du matin?

– Ça me regarde!

– Nous, mon gars, on est plutôt des curieux.

– Pas de chance. Moi je suis du genre pas causant.

– Tu moufteras quand même d'une façon ou d'une autre, car on a besoin de connaître certains détails sur ce que tes potes et toi étaient en train de trafiquer tout à l'heure.

Charly balança un instant sur la conduite à tenir. Il eut d'abord grande envie de foncer tête baissée contre les deux types et de régler leur compte séance tenante. Il se ravisa en réalisant qu'il avait plutôt intérêt à savoir qui ils étaient? Leurs véritables intentions? Il opta pour cette solution et enchaîna, afin de gagner du temps:

– Vous voyez, je transporte des cuves à mazout pour mon patron, M. Duchêne. Je roule depuis Valence. Je me suis arrêté ici pour me reposer. Qu'est-ce que vous voulez que je vous dise de plus?

– Inutile de te fatiguer plus que tu l'es en nous racontant des salades, mon vieux Sechoukian. On est à la coule de ton business. Tu ferais mieux de nous dire la vérité. Tout ce qu'on veut savoir.

Celui qui venait de parler était le type qu'il avait reconnu. Pas de doute, celui-ci en savait long sur ses activités. Peut-être s'agissait-il d'un des policiers auquels il avait eu autrefois affaire? Il se sentit brusquement mal à l'aise, mais au lieu d'entrer dans le jeu de ses interlocuteurs, il s'obstina dans la version des faits à laquelle Trois-Six lui avait recommandé de s'en tenir en cas d'ennuis avec la police:

– Je vous le répète, vous faites erreur. Je suis chauffeur-livreur dans une société de chauffage central!

Les deux autres partirent aussitôt d'un grand éclat de rire.

En les voyant se moquer, Charly ne put se contenir plus longtemps. D'un seul élan, il se précipita sur le premier. Il lui décrocha un terrible crochet du droit à la mâchoire. Littéralement soulevé de terre, le gars s'en alla chuter à la renverse sur un tas de cailloux.

Sechoukian n'eut pas le temps de renouveler son geste avec le second. D'instinct, celui-ci s'était reculé de quatre pas. Quand l'ancien boxeur voulut lui administrer la même correction, il se retrouva face à un automatique que l'autre venait d'extraire promptement de dessous son aisselle et braquait sur lui.

– Fais pas le con, Sechoukian! menaça-t-il. Autrement je te brûle!

Sans attendre que son acolyte eût retrouvé ses esprits, l'homme au calibre fit retourner l'ancien boxeur les mains en l'air face au camion. Il se mit en devoir de le fouiller pour s'assurer qu'il n'était pas armé. Charly n'avait même pas un cure-dents en poche.

Pendant ce temps, l'autre s'était péniblement relevé. Il revint en titubant vers Charly et, par-derrière, lui flanqua un coup de pied vicieux dans les chevilles.

– Tu m'as salement sonné, fumier! gronda-t-il. Mais tu ne perds rien pour attendre. Ton tour viendra!

– Laisse tomber, Cloclo! dit l'autre. Tu sais ce qu'a recommandé le patron? Si Sechoukian est régul, faudra pas l'abîmer.

– Régul, régul... On voit bien que c'est pas toi qu'as pris son poing sur la tronche! grommela la victime.

Charly se taisait. A présent, il savait qu'il n'avait pas affaire à des flics ou des gabelous. Ses deux interlocuteurs étaient comme lui des truands. Sans doute membres d'un gang concurrent. Pour qu'ils aient assisté au transfert de l'absinthe au lieu précis et à l'heure fixée pour le rendez-vous, fallait qu'ils aient été rencardés par quelqu'un de bien renseigné sur le déroulement de l'opération. Et qui avait mouflé pour du pognon. Sans doute un des enfoirés de la bande à Mario.

– Retourne-toi, frangin, ordonna le type au calibre. Ecoute bien ce que j'ai à te dire...

L'ancien boxeur obéit et se retrouva face à ses adversaires. Celui qu'il avait dégommé n'arrêtait pas de se frotter la mâchoire.

– Tu as entendu ce que j'ai dit tout à l'heure à mon pote? reprit l'autre. Si tu te montres coopératif, on a ordre de te laisser tranquille. Le patron sait qui tu es. Il t'a en estime. Si tu nous dis ce qu'il veut savoir, il est même prêt à t'embaucher. De toute façon, t'auras la possibilité de rentrer chez toi peinard... Mais si tu fais la mauvaise tête, ce sera pas la même...

– J'ai pas envie de changer de patron, grogna Charly. De toute façon, ça ne me dirait rien de travailler avec des connards comme vous!

L'homme au calibre ne releva pas l'insulte. Il poursuivit:

– T'as tort de parler comme ça. Je te le répète, on est plein de bonnes intentions pour toi. On est même prêts à oublier ce que tu viens de faire... Pas vrai Cloclo?

L'intéressé grommela un vague acquiescement en continuant de se masser le menton. Visiblement, il ne paraissait pas si désireux que ça de passer l'éponge sur l'incident.

– Qu'est-ce que vous voulez que ça me foute? J'ai rien à dire! s'obstina Sechoukian.

– Tu sais qui c'est, notre boss?

– Comment voulez-vous que je le sache?

– Dantès! Ce nom te dit quelque chose?

Charly accusa le coup et ne répondit pas. Bien sûr qu'il savait qui était Dantès. Aucun de ceux qui, de près ou de loin, trempaient, à Marseille, dans les affaires clandestines de l'alcool de contrebande n'ignoraient le rôle que l'ex-évadé des Baumettes jouait dans les trafics de la région Provence-Côte d'Azur. Tous savaient qu'il valait mieux ne pas avoir des histoires avec son gang. Beaucoup de ceux qui s'étaient crus trop malins avec lui n'étaient plus là pour dire combien ils avaient eu tort de se mettre en travers de sa route.

– Notre patron, reprit l'homme à l'automatique, il aimerait que tu nous dises en quel endroit tes petits copains fabriquent l'absinthe que les gars de Berruti s'apprêtent à livrer ces prochains jours dans tous les troquets de la Côte? Car il n'est pas content du tout, M. Dantès. Il voudrait bien savoir aussi de quel droit certains empiètent sur ses terres pour vendre cette camelote?

Sechoukian commençait à comprendre les tenants et aboutissants de l'affaire. Il s'agissait de concurrence déloyale de la part des revendeurs de Berruti. Appâtés par les gains énormes à réaliser en cette période de crise d'approvisionnement en alcools anisés, ces idiots avaient dû dépasser les limites de leurs secteurs et s'étaient mis à prospecter sur ceux des hommes de Dantès. Tout ça allait faire un drôle de pataquès. Ça se réglerait sans doute comme d'habitude dans un bain de sang.

– Moi je ne sais rien, répéta l'ancien boxeur. On m'a seulement chargé de conduire les cuves jusqu'ici...

– Eh bien tu vas tout simplement nous emmener à l'endroit où tu les as prises, ces cuves. C'est sûrement là qu'on fabrique cette absinthe de première bourre qui embaume tant l'atmosphère!

Du bout de son automatique qu'il n'avait pas remisé, le type désignait une petite tache sombre sur le plateau du camion. Il s'agissait de la trace laissée par la bouteille qui s'était malencontreusement brisée quelques instants plus tôt lors du transfert. Elle répandait dans l'air une tenace et agréable odeur.

– Ne comptez pas sur moi pour vous renseigner, les gars, déclara Sechoukian crânement. Je n'ai jamais été et ne je ne serai jamais une donneuse!

– C'est ton dernier mot?

– Oui

– Alors, écoute bien, mon pote. Je vais te répéter mot à mot ce que M. Dantès a dit à ton sujet pas plus tard qu'hier avant qu'on quitte Marseille: «D'après mes renseignements, c'est le nommé Sechoukian qui conduira le convoi la nuit prochaine... Sechoukian est un brave type... Je l'ai vu boxer autrefois dans plusieurs galas... Il avait beaucoup de classe... Vous lui donnerez sa chance car il a une femme et deux gamines... Par contre, s'il fait la mauvaise tête, vous le liquiderez séance tenante. Ensuite, vous attendrez que ses copains viennent aux nouvelles dans la carrière... Vous recommencerez l'opération avec eux. Il s'en trouvera bien un qui ne s'en ressentira pas pour jouer les héros!...» Voilà les instructions qu'il nous a données, le patron.

Un long silence s'établit ensuite entre les protagonistes. Charly comprit que l'affaire venait de prendre une sale tournure. Le type avait parlé sans élever la voix. Presque comme s'il se sentait gêné d'avoir à tenir ces propos sans ambiguïté. C'était pire que s'il avait hurlé des menaces. On devinait qu'il n'était pas du genre à plaisanter. Sechoukian eut nettement conscience que s'il persistait dans son entêtement, l'autre n'hésiterait pas à lui loger en pleine coffre deux ou trois bastos.

Les lieux où se déroulait la scène étaient toujours aussi tranquilles. Seul, de temps en temps, un bruit de moteur en provenance de la route départementale passant à deux cents mètres de là troublait le silence de la campagne. On entendait aussi parfois au loin une chouette étirer sa plainte aigre au versant d'une colline.

Charly réprima un frisson. Il comprit qu'il n'avait aucune chance de s'en tirer. Personne ne lui viendrait en aide. Il finirait ses jours dans ce coin perdu où il agoniserait sans soins pendant des heures s'il n'était pas tué sur le coup. Il songea aussi au chagrin de ses deux fillettes. Aux difficultés que sa femme éprouverait quand elle serait à nouveau comme autrefois sans revenus.

– Alors qu'est-ce que tu décides?

Fataliste, l'ancien boxeur haussa les épaules.

– J'ai pas le choix puisque tu ne sais pas causer autrement qu'avec un calibre au bout de la pogne...

– Parfait! Le patron nous avait dit que t'étais un gars intelligent. A présent, entre nous, les choses iront beaucoup mieux.

En disant cela, il abaissa le canon de son arme.

– Je vais monter dans le camion avec toi et tu me conduiras jusqu'à votre atelier. C'est loin?

– Environ quatre-vingt-dix bornes. Faut bien compter deux heures car on sera obligé de prendre les petites routes, comme c'est la règle..

– Ça ira. Toi, Cloclo, tu nous suivras dans la Mégane avec Langsam. Tu préviendras le patron avec ton portable, comme prévu.

– D'accord Rico. Méfie-toi quand même de cet enfant de pute.

– T’en fais pas pour moi, j’ai mon feu. D’ailleurs, à partir de maintenant, on va faire ami ami avec Sechoukian. Pas vrai?

Charly ne répondit rien. Il venait de comprendre qu’un troisième homme, resté quelque part en retrait à bord de la voiture qui les avait conduits jusqu’ici, était aussi de la partie. Sa présence compliquerait encore le plan qu’il pensait mettre en œuvre pour tenter de se tirer d’affaire.

La rage au ventre, il grimpa dans la cabine du camion et, tandis que le nommé Rico s’installait à côté de lui sur le siège avant, il mit le moteur en marche.

CHAPITRE 11

Depuis près d'une heure, une question ne cessait de trotter dans la cervelle de Charly Sechoukian. Il se demandait comment il allait bien pouvoir se débarrasser de son indésirable passager?

Depuis leur départ de la carrière, il n'avait jamais pensé un seul instant qu'il le conduirait jusqu'à l'ancienne tuilerie transformée depuis quelques jours en atelier de fabrication d'absinthe. S'il avait été obligé d'entrer, sous la menace, dans le jeu de ses adversaires, il n'en restait pas moins farouchement opposé à leurs exigences. En roulant, au fur et à mesure que les kilomètres s'ajoutaient aux kilomètres, celles-ci lui paraissaient de plus en plus inacceptables.

Comment imaginer qu'il pourrait trahir Trois-Six? Ce patron qui l'avait sorti de la mouise? Qui lui assurait chaque mois un revenu décent? L'homme qui avait monté le coup fumant de Montbéliard. Ce coup qui permettrait à toute l'équipe d'encaisser un pactole comme elle n'en avait jamais encore récolté de toute sa carrière. Il était impensable qu'il laissât tomber le bénéfice de cette affaire dans l'escarcelle du gang de Dantès.

Car il était évident que si les hommes qui venaient de le contraindre arrivaient jusqu'à la Tuilerie et découvraient l'endroit où l'alcool était stocké, c'en serait fini pour lui et pour les autres des rêves échafaudés en supputant les énormes profits que rapporterait l'affaire de la Distillerie Générale de l'Est. L'équipe de Dantès raflerait la marchandise et la liquiderait ensuite pour son propre compte.

Les hommes de Montana ne liquideraient peut-être pas que l'absinthe fabriquée dans l'ancienne tuilerie. Charly connaissait les méthodes de ce caïd qui n'hésitait pas à se débarrasser de ses concurrents d'une manière aussi sanglante qu'expéditive.

Il fallait donc qu'il parvînt à larguer son passager avant d'arriver dans la Forêt d'Amont.

Ce ne serait pas facile. Certes, le nommé Rico ne tenait plus son pistolet automatique, mais il l'avait toujours à portée de main, posé bien en évidence sur la tablette du tableau de bord. De plus, en roulant, Charly pouvait difficilement imaginer de lâcher le volant du camion pour agresser son voisin de cabine. Il devait aussi tenir compte de ceux qui se trouvaient dans la voiture suiveuse. Celle-ci, une Mégane, leur collait au train depuis qu'ils avaient quitté la carrière. Sechoukian n'avait fait qu'entrevoir la silhouette du troisième type. Il se souvenait que le nommé Cloclo l'avait appelé Langsam.

– Qui c'est, votre autre pote? Celui qui est resté dans la tire et que vous appelez Langsam?

La question étonna Rico. Il ne répondit qu'après un temps de réflexion.

– Pourquoi ça t'intéresse?

– Comme ça... Histoire de savoir si je le connais!...

L'homme au calibre resta encore un moment silencieux, puis reprit:

– C'est un Chleuh, un ancien légionnaire. On l'a surnommé comme ça parce qu'il répète tout le temps «Langsam! Langsam!». Il paraît qu'en allemand ça veut dire «doucement». Pourtant, c'est pas un tendre. Tout à l'heure, t'as eu de la chance de ne pas avoir affaire à lui. Si tu l'avais sonné comme tu as sonné Cloclo, à peine relevé il t'aurait flingué.

Mais, comme s'il flairait une arrière-pensée dans la question qu'on venait de lui poser, il ajouta:

– Pour ta gouverne, je te signale qu'il a toujours deux Lüger sur lui et qu'il tire vite malgré qu'on l'appelle Langsam!

Ils en restèrent là sur ce sujet. Charly n'avait d'ailleurs pas besoin d'en savoir plus. A présent, il était fixé. Il aurait un tueur de plus à affronter.

Ça compliquait drôlement le problème. Même en admettant qu'il parvienne à se débarrasser du nommé Rico, il lui faudrait mettre encore les deux autres hors d'état de nuire.

Pendant un long moment, il réfléchit à la manière dont il pourrait semer les types de la Mégane s'il arrivait à neutraliser son voisin. Il pensa un instant se servir de celui-ci comme otage lorsqu'il l'aurait à sa merci. Il ne tarda pas à abandonner cette idée pour la bonne raison que ça n'empêcherait pas les autres de le suivre à distance et de découvrir finalement la Tuilerie abandonnée. Il devrait donc user d'un stratagème différent. Quand il serait venu à bout de son ange gardien, il obliquerait dans un des nombreux chemins creux qui jalonnaient la route, il abandonnerait le camion et s'en éloignerait en profitant de l'obscurité. Plus tard, il appellerait ses copains avec son portable afin qu'ils viennent le récupérer.

Restait à annihiler la menace que son passager faisait peser sur lui. Ce ne serait pas une mince affaire car, sans en avoir l'air, l'autre se tenait sur ses gardes.

Ils continuèrent à rouler à travers la campagne bressane. Un paysage de prairies, de boqueteaux et d'étangs dont la lune faisait miroiter la surface. A cette heure déjà bien avancée de la nuit la circulation était pratiquement inexistante. Ils ne croisaient que quelques voitures particulières, quelques camions de maraîchers rejoignant sans doute les marchés de Mâcon ou de Chalon-sur-Saône.

Pour faciliter l'opération envisagée, Sechoukian ralentit progressivement la vitesse du véhicule. Il roula entre 50 et 55 kilomètres à l'heure. Ainsi, lorsqu'il passerait à l'action, il ne risquerait pas une embardée ni de finir au fossé.

Soudain, à un carrefour, il lut sur un panneau de signalisation l'indication suivante:

«Bellevesvre 5 km»

Il était grand temps d'agir, car il n'était plus guère qu'à une quinzaine de kilomètres de la Forêt d'Amont!

A cet endroit, la route était bien droite, déserte. Charly leva le pied de l'accélérateur. Son passager régit aussitôt:

– Qu'est-ce que tu fous? Pourquoi tu ralentis encore?

– Tes copains me font des appels de phares... Je ne sais pas ce qu'ils veulent?

Le réflexe de Rico fut exactement celui que Sechoukian avait prévu. Il tourna la tête pour regarder dans le rétroviseur qui se trouvait sur sa droite.

Charly n'attendait que ça. De toutes ses forces avec la rapidité et le han! d'un bûcheron abattant un arbre, il frappa son adversaire à la nuque. La tête de celui-ci fut littéralement projetée contre le pare-brise où il acheva de s'assommer. Il n'émit qu'un brève plainte et resta inanimé, le corps tassé sur le siège, le front appuyé sur le tableau de bord.

L'ancien champion de boxe sourit. Son punch ne s'était pas affadi bien qu'il ne pratiquât plus ce sport depuis plusieurs années. Rico resterait sans doute de longues minutes groggy avant de reprendre ses esprits.

Pendant l'action, le camion avait encore ralenti son allure en déviant un peu sur sa gauche. Dans la voiture suiveuse, les autres finirent par remarquer qu'il se passait quelque chose d'anormal. Réellement, cette fois ils se mirent à faire des appels de phares.

Charly craignit un instant qu'ils ne le doublent et l'obligent à s'arrêter pour voir ce qui se passait! Ils n'en firent rien, heureusement. Le Berliet reprit sa trajectoire et une allure plus rapide tandis que la Mégane restait dans son sillage.

Cette fois sans ralentir, Sechoukian attira sa victime contre lui. Elle ne réagit pas plus qu'un mannequin bourré de paille.

Sa tête dodelinante se retrouva contre l'épaule du boxeur. Malgré la faible lumière diffusée par une veilleuse, Charly remarqua qu'un mince filet de sang coulait des narines du passager.

Toujours sans lâcher le volant du bahut, il se mit à chercher le pistolet automatique que celui-ci avait posé en montant dans la cabine sur la tablette du tableau de bord. Il n'y était plus. Sans doute était-il tombé sur le plancher pendant l'incident.

Ce fut juste au moment où il s'apprêtait à ramasser l'arme qu'il vit à courte distance clignoter des feux au milieu de la route. Un barrage!

Qu'il s'agisse d'un accident ou d'un contrôle, il n'avait vraiment pas besoin de ça!

Compte tenu de la faible distance qui le séparait des feux, il ne lui était plus possible de faire demi-tour avec son camion. Déjà, il voyait s'agiter plusieurs silhouettes dans la zone éclairée.

Perturbé par les événements qui venaient de se dérouler, Sechoukian perdit en partie ses automatismes. Il omit de ralentir progressivement et fut obligé de freiner en catastrophe en arrivant près du barrage. Un gendarme en casaque blanche qui agitait une lampe-torche au milieu de la route fut obligé de s'écarter vivement pour ne pas passer sous les roues du lourd véhicule. Il dut connaître la frayeur de sa vie, car il se précipita aussitôt vers le camion dont Charly venait de baisser la vitre et éructa cette imprécation!

– Espèce d'abruti! Peine de plus vous me passiez dessus! Vous n'aviez pas vu les signaux? Vous dormiez? Vous êtes ivre ou quoi?

Peu désireux de se mettre la maréchaussée à dos, Sechoukian bafouilla de vagues excuses.

– C'est bon, dit le gendarme, garez-vous là-bas sur le parking. On va vous contrôler!

Le conducteur exécuta aussitôt l'ordre qu'on lui donnait. En dépit de la température frisquette, il suait à grosses gouttes. Il tremblait aussi un peu, mais d'émotion.

Tout en manœuvrant, il regarda le déploiement policier qui opérait sur le barrage. Une douzaine d'hommes en uniforme. Pour moitié de la gendarmerie, l'autre moitié des douanes. Les contrôles se déroulaient dans les deux sens de la circulation. Sur des parkings qui se faisaient face de chaque côté de la route. Trois voitures de tourisme y stationnaient déjà, de même que plusieurs véhicules de l'administration. Un conducteur ne semblait pas d'accord avec les représentants de la loi. Il discutait ferme avec l'un d'entre eux en faisant de grands gestes.

Sechoukian coula un regard inquiet en direction de son passager. Ça n'était pas le moment que celui-ci sorte de sa léthargie. Il fut rassuré en constatant qu'il était toujours dans le cirage. Il cala rapidement son corps dans l'angle mort de la cabine et tira le petit rideau en toile qui protégeait l'été les passagers du soleil. Dans l'ombre, on pouvait avoir l'illusion qu'il dormait.

A peine eut-il achevé cette mise en scène qu'une femme en uniforme s'approcha du camion. Elle paraissait très jeune et portait des lunettes.

– Contrôle de la douane! dit-elle simplement en portant deux doigts à la visière de sa casquette. Voulez-vous me présenter vos papiers et ceux du véhicule?

Sechoukian ne fut pas long à comprendre les raisons de ce barrage nocturne. Associés aux gendarmes, les gabelous cherchaient sans doute à retrouver trace de l'alcool dérobé à Montbéliard. Ils supputaient qu'il serait transporté nuitamment depuis son entrepôt provisoire jusqu'à un autre lieu plus éloigné de la région.

Sans allumer le plafonnier pour ne pas attirer l'attention de la douanière sur son compagnon de cabine, Charly chercha à tâtons dans un tiroir du tableau de bord où se trouvaient les divers documents légitimant la circulation du camion. Lorsqu'il eut trouvé la sacoche en plastique qui les contenait, il la tendit à son interpellatrice.

Pendant plusieurs minutes, la douanière qui s'éclairait avec une lampe-torche fouina dans les papiers étalés sur l'aile avant gauche du Berliet.

Sechoukian n'éprouvait aucune inquiétude en matière de contrôle administratif. Il devait être parfaitement en règle. Trois-Six n'avait pas l'habitude de laisser ses hommes se balader sur les routes si les documents officiels dont ils disposaient n'étaient pas réguliers. Il estimait qu'il valait mieux ne pas rester trop longtemps sur les lieux d'un barrage routier.

Cette fois cependant, le contrôle des pièces administratives ne fut pas qu'une simple formalité. Le fonctionnaire vérifia un à un tous les papiers de même que le disque du mouchard en relevant même certains renseignements sur un carnet.

Tandis qu'on épluchait ses différents documents, Charly vit passer au ralenti la Mégane, dont le contrôle avait été plus rapide que celui du camion. Ses occupants ne s'attardèrent pas sur les lieux et les feux arrière de leur voiture disparurent bientôt dans la nuit.

Finalement, la jeune fonctionnaire grimpa sur le marchepied du Berliet et, en rendant au conducteur la sacoche contenant les papiers, demanda:

– Où transportez-vous ces cuves à mazout?

Charly n'hésita pas à répondre. Le carnet de bord que

Trois-Six avait rempli avant le départ portait à l'aller la destination de Varenne-les-Mâcon et au retour celle de Le Villey, un village limitrophe de la Forêt d'Amont.

– Nous rentrons à Le Villey, pas loin d'ici, dit-il.

Ce «nous» intrigua brusquement la douanière qui ne s'était pas aperçue qu'ils voyageaient à deux à bord du camion.

– Vous n'êtes pas tout seul?

– Non. Un collègue m'accompagne. Il est en train de dormir

Intriguée, la jeune femme braqua le faisceau de sa lampe-torche à l'intérieur de la cabine.

Les grosses mains de Charly se crispèrent sur le volant. Il n'osa pas tourner la tête du côté de son passager.

– Pourvu que cet enfoiré n'ait pas bougé de place... se dit-il.

Heureusement, sa victime était restée sagement dans son coin. Le visage tourné contre le rideau. Dans l'attitude d'un paisible dormeur.

Sa curiosité satisfaite, la douanière redescendit du marchepied. Elle salua à nouveau le conducteur et dit:

– C'est bon, vous pouvez repartir!

Sans précipitation en dépit de son extrême tension Sechoukian remit son moteur en marche. Par son rétroviseur, il remarqua que la femme balayait une dernière fois son chargement de cuves à mazout avec sa lampe.

Charly dégagea lentement le bahut de l'aire de stationnement. Il doubla au ralenti la voiture du conducteur irascible toujours en discussion avec les gendarmes. Deux nouveaux véhicules venaient d'arriver dans l'autre sens de la circulation. Leur contrôle débutait sur le parking d'en face.

Le barrage était installé près de Bellevesvre. Charly se souvint qu'il avait traversé à l'aller cette localité. Il se dit que les types de la Mégane devaient l'attendre à l'entrée de ce gros bourg. Ils reprendraient leur filature dès qu'il passerait à leur hauteur. Il devait donc bifurquer avant d'arriver près d'eux. Emprunter une voie latérale, soit à droite soit à gauche de la départementale. Même en pleins champs. Abandonner ensuite son camion et s'en éloigner le plus vite possible.

Un carrefour se présenta justement à quelques dizaines de mètres de là. Un chemin étroit quittait la route principale et s'enfonçait à travers la campagne. Sans doute en direction d'une ferme isolée. Charly ralentit afin d'amorcer son virage.

Un objet dur se logea à cet instant entre ses côtes. Il sursauta. Une voix sans aménité se fit entendre:

– Reste sur la route, salaud! Obéis ou je te brûle!

Sa surprise fut telle qu'il eut du mal à maintenir son lourd bahut dans une trajectoire normale. Il comprit vite ce qui s'était passé. Durant le contrôle douanier, son passager avait retrouvé ses esprits. Il avait eu assez de malice pour ne pas broncher tant que le camion était à l'arrêt. Il avait seulement pris soin de récupérer son arme. Maintenant que le danger était derrière eux, il reprenait la direction des opérations.

– T'as eu tort de jouer le con avec moi, Sechoukian, dit-il. A présent, je te préviens: au moindre geste, t'es mort! Quant à ce que tu nous as fait, à Cloclo et à moi, on réglera ça dès qu'on sera arrivé à destination!

Chapitre 12

Agent de constatation à la Brigade régionale des douanes de Saône-et-Loire, Virginie Priougeau n'était pas très ancienne dans la profession. Elle avait passé le concours d'entrée dans l'Administration seulement deux ans auparavant en sortant du lycée. C'était son premier poste.

Il fallait être jeune et en bonne forme pour exercer ce métier, car les agents étaient en permanence sur les routes du département, sans horaires bien précis. Il lui arrivait de rentrer de tournée vers minuit et de repartir le lendemain dès six heures du matin. Le travail commandait: surveillance, filatures, descentes inopinées dans les établissements suspects, perquisitions... Que ce soit en matière de drogue, d'alcool, de contrebande de produits manufacturés, de blanchiment d'argent, les recherches de la fraude s'apparentaient en tous ces points à celles de la police.

Depuis une bonne semaine, toute la corporation était mobilisée pour tenter de retrouver la trace d'une quantité phénoménale d'alcool dérobée dans les entrepôts de la Distillerie Générale de l'Est, à Montbéliard.

Selon les circonstances du vol, on estimait que le

produit devait être stocké dans un endroit situé quelque part dans un vaste périmètre géographique englobant la Franche-Comté et la Bourgogne. Cet alcool allait immanquablement être déplacé pour rejoindre les lieux où il serait transformé en apéritif falsifié afin d'être vendu clandestinement dans certains débits de boissons du Midi de la France ou de la région parisienne.

Les directions régionales des deux provinces comtoises et bourguignonnes avaient donc donné consigne à leurs brigades spécialisées, désormais associées à celles des G.I.R., de multiplier les contrôles routiers aussi bien de jour que de nuit pour tenter d'intercepter les trafiquants lors du transport de l'alcool volé.

Pour Virginie Priougeau comme pour ses collègues, ces contrôles renforcés commençaient à devenir contraignants, car les heures supplémentaires s'ajoutaient aux heures supplémentaires et les jours de récupération repoussés aux calendes grecques.

Jusqu'ici, les barrages et les perquisitions n'avaient rien donné. On avait seulement dérangé les trafics des petits dealers de cannabis et obligé les fraudeurs du dimanche qui transportaient quelques bouteilles de gnôle en provenance des vignobles jurassiens ou bourguignons à s'abstenir.

Les chefs des gangs organisés n'étaient pas tombés de la dernière pluie. Ils savaient très bien à quoi ils s'exposeraient en déplaçant trop rapidement leur stock. C'est pourquoi, durant la semaine qui venait de s'écouler, les brigades de la douane, de la gendarmerie et celles de la police nationale n'avaient pas découvert la moindre trace de l'alcool dérobé lors du fameux hold-up de Montbéliard.

Cette nuit-là, Virginie Priougeau, qui opérait en compagnie de quatre de ses collègues sous la direction de Paul Tournier, un vieux chef de section des douanes originaire de Dijon, avec la collaboration des gendarmes de Pierre-de-Bresse, venait de passer déjà une bonne heure sur un barrage dressé à proximité de la localité de Bellevesvre en Saône-et-Loire. Une fois de plus, les contrôles de plusieurs dizaines de véhicules s'étaient révélés négatifs.

La jeune agent de constatation achevait de vérifier les papiers d'un camion chargé de cuves à mazout. Bien que ce transport nocturne de matériel lui eût semblé un peu bizarre, elle n'avait rien décelé d'anormal, ni dans l'examen des documents ni dans le comportement du chauffeur.

Virginie Priougeau se recula et fit singe au conducteur qu'il pouvait repartir. Le lourd véhicule se dégagea lentement du parking où il était garé. Pendant cette manœuvre, la douanière en profita pour balayer une dernière fois les cuves avec le faisceau de sa lampe-torche. Le Berliet passa à un mètre d'elle avant de reprendre la route en direction de Bellevesvre.

C'est à ce moment qu'un léger vent rabattit vers la jeune fonctionnaire une étrange odeur, mêlée à celle dégagée par la fumée du pot d'échappement.

Une odeur d'absinthe!

Virginie Priougeau en fut un instant sidérée. Elle regarda son plus proche voisin, un gendarme qui arrêtait les voitures dans l'autre sens de la circulation. Son premier réflexe fut de lui demander de siffler le camion avant qu'il ne se fût trop éloigné afin de lui faire subir une fouille plus approfondie.

Elle se souvint à temps des propos que l'inspecteur principal Hatier avait tenus lors d'un récent briefing:

– Si vous découvrez un indice dans cette affaire, surtout pas de précipitation. Notez soigneusement ce qui vous semble intéressant mais n'intervenez pas à chaud. Ce que nous cherchons avant tout à coincer, ce ne sont pas les exécutants mais le ou les patrons du gang car ils sont accusés de vol qualifié. Ce sont des individus très dangereux qui, lorsqu'ils se sentiront menacés, n'hésiteront certainement pas à tuer encore pour s'en sortir. Il sera donc exclu que vous les interpelliez sans être sûr de pouvoir remonter aux sources du trafic, aux auteurs du meurtre qui a été commis dans les entrepôts de la Distillerie Générale de l'Est.

Le chef des douanes avait encore ajouté:

– Si un élément nouveau intervient, n'hésitez pas à m'en aviser sur mon portable, cela à n'importe quelle heure du jour ou de la nuit. Je prendrai aussitôt contact avec le patron du G.I.R., le commissaire divisionnaire Teysier, qui décidera du prolongement éventuel de l'action, car nous devons toujours agir en étroite collaboration avec tous les autres services concernés.

Ces consignes étaient d'une grande sagesse. Si cette odeur d'absinthe signifiait que le véhicule transportait ce produit, il était vraisemblable que la livraison était faite et qu'il rentrait à vide. L'interception de ses occupants ne donnerait rien, car ces gens-là parlaient rarement et ne dénonçaient jamais leurs commanditaires.

Virginie Priougeau comprit immédiatement ce qu'il convenait de faire. Il fallait filer discrètement le véhicule suspect jusqu'à son point de chute. En pleine nuit, compte tenu de la circulation peu intense, ce ne serait pas chose facile. S'ils se sentaient repérés, les trafiquants changeraient sûrement d'itinéraire.

Il fallait quand même tenter le coup.

En quelques enjambées, la jeune agent de constatation rejoignit Paul Tournier, le vieux chef de section qui dirigeai cette nuit-là au nom de la douane les opérations sur le barrage routier de Bellevesvre. Elle le mit rapidement au courant de la situation. Tournier ne fut pas long à comprendre l'importance du renseignement.

– Pas de temps à perdre, petite! Cette odeur d'absinthe, ça sent la magouille. On va leur filer le train en essayant de ne pas se faire repérer. Prends le volant. En roulant je téléphonerai à Hatier pour l'informer de ce qui se passe!

L'instant d'après, les agents du fisc prirent place, en compagnie de deux gendarmes, à bord de la Peugeot du service des douanes et se lancèrent à la poursuite du camion suspect.

CHAPITRE 13

Alors que le Berliet avait repris la route depuis une quinzaine de minutes, la Mégane des hommes de Dantès le doubla soudain en catastrophe à la sortie d'un village. En se rabattant devant lui, elle obligea Sechoukian à s'arrêter.

Le nommé Cloclo vint en courant rejoindre le camion.

– Qu'est-ce qu'il y a? interrogea Rico en entrouvrant la portière.

– Vous être pris en filoche! Une voiture vous suit à distance depuis le barrage... Souvent tous feux éteints...

– T'es sûr?

– Oui. Langsam a été le premier à la repérer. Elle nous avait d'abord doublés. Une Peugeot avec des types à bord. On n'a pas très bien pu voir à qui on avait affaire à cause de la nuit. Seulement qu'ils étaient quatre. Quand ils ont compris que nous aussi on vous filait, alors ils se sont arrêtés au centre d'un bled et nous ont laissé prendre du champ. A présent, ils sont à nouveau derrière et ne cherchent plus à nous redoubler.

– A ton avis, qui ça peut être?

– Sûrement la douane... Il me semble avoir vu leur tire, une Peugeot, tout à l'heure sur le parking...

– Bon Dieu! Manquait plus que ça! Qu'est-ce qu'on peut faire?

– On va essayer de les bloquer pendant que vous prendrez le large. Ensuite, on bifurquera dans une autre direction et, comme la Mégane est plus rapide, on les sèmera dans la nature.

– Et après?

D'un geste, Cloclo désigna Charly puis reprit:

– Après, on vous rejoindra. Mais avant, faut que ce tordu nous dise où se trouve leur planque?

– T'as entendu ce qu'on te demande? fit Rico à l'adresse de Sechoukian. Où elle est, votre cache?

L'ancien boxeur venait lui aussi de comprendre la gravité de la situation. Si les douaniers étaient à leurs trousses, c'est qu'ils avaient flairé quelque chose de louche lors du contrôle effectué tout à l'heure sur le barrage routier. La destination finale de son camion les intéressait. Ils le pisteraient jusqu'au dépôt. Malgré tout, Charly hésita encore à entrer dans le jeu des hommes de Dantès en leur fournissant le renseignement dont ils avaient besoin. Lorsque Cloclo reprit la parole, ses propos eurent sur lui un effet plus décisif qu'une menace:

– Ecoute bien, dit l'autre. Si tu continues à jouer perso, on te laisse te débrouiller tout seul avec les gabelous. Nous, dans cette histoire, on n'a rien à se reprocher. C'est pas notre équipe qu'a chouravé l'alcool ni descendu le vigile de Montbéliard. On va prendre la tangente et te laisser te démerder. Dès qu'on aura décampé, les autres te colleront au train et tu n'auras aucune chance de les semer. D'une manière ou d'une autre, ils trouveront votre repaire. Après, tu te doutes de ce qui t'attendra. Vol et complicité de meurtre. T'auras vraiment besoin d'un bon baveux si tu ne veux pas tirer vingt ans de dur!

Cloclo avait raison. Sechoukian en fut vite persuadé. Dans un premier temps, il valait mieux accepter leur aide pour essayer de s'en tirer. Tout seul, il n'y arriverait pas.

– Notre planque est au milieu d'un bois. Pas très loin d'ici, dit-il très vite. C'est une tuilerie désaffectée au milieu de la Forêt d'Amont, dans le Jura. Entre les villages de Le Villey et de Chemenot.

– C'est indiqué sur la carte Michelin?

– Oui

– C'est bon. Pour l'instant, le plus urgent c'est de semer les autres connards. On va s'y employer. Vous, à partir de maintenant, vous ne vous occupez plus de nous! On vous retrouvera plus tard. Allez tchao! Bonne chance!

Sur ce propos, Cloclo repartit en courant vers la Mégane.

Le voyage reprit. Charly, qui commençait à bien connaître la région, entreprit de faire un long détour empruntant des petites routes secondaires qui sinuaient à travers un décor d'étangs entourés de bosquets. Pour plus de sécurité il réduisit sa vitesse et roula à plusieurs reprises sans ses phares, à la seule clarté de la lune.

Derrière le camion, les lumières de la Mégane avaient disparu du paysage. Cloclo devait à présent entraîner ses suiveurs sur un autre itinéraire où il lui serait facile de les semer.

Après une demi-heure d'une course fictive durant laquelle ils traversèrent quelques hameaux endormis sans croiser le moindre véhicule, Sechoukian mit enfin le cap sur la Forêt d'Amont et s'engagea sur l'étroit passage menant à la tuilerie.

Soucieux de ne pas alerter les gens de Trois-Six qui devaient sans doute se trouver dans leur planque, Rico commanda à son prisonnier de s'arrêter avant d'arriver dans la clairière. Ils rebroussa ensuite chemin à pied avec lui en le menaçant de son arme et ils attendirent en bordure de la route que la Mégane les rejoigne.

Une autre demi-heure s'écoula encore avant que le reste de la bande à Dantès ne fît sa réapparition. La voiture vint se garer à côté des deux hommes.

– Vous les avez semés?

– Oui, assez facilement, dit Cloclo. Mais on a eu plus de mal à vous retrouver dans ce foutu pays d'étangs!

A la lumière des phares de la Mégane, il remarqua soudain que son acolyte portait des traces de sang sur le visage.

– Qu'est-ce qui t'est arrivé? questionna-t-il.

– Ce salaud a essayé de m'avoir, comme il t'a eu! Il m'a balancé un gnon et je suis tombé dans les pommes! Sans le barrage qui m'a permis de récupérer mes esprits, je crois qu'il aurait pu se faire la malle!

Cloclo lança un regard vindicatif à Sechoukian.

– Pas étonnant. J't'avais pourtant dit de te méfier Rico. Ce gars-là est un vrai fumier! Si tu fais pas gaffe, sûr qu'il recommencera!

– T'en fais pas. A présent, je l'ai à l'œil. Au premier faux pas, je le dessoude!

Sechoukian crut bon d'ajouter:

– J'ai tenté ma chance... Vous en auriez fait autant. Tant pis pour moi, j'ai perdu. J'ai plus envie de recommencer, dit-il d'un ton fataliste.

Pendant qu'ils discutaient, le nommé Langsam venait de basculer le siège arrière de la Mégane où une cache était spécialement aménagée. Il en sortit trois pistolets-mitrailleurs MP 5 et des chargeurs. Au vol, il distribua les armes et les munitions à ses complices.

Ils se mirent ensuite en route, précédés par Charly à présent étroitement surveillé par les trois hommes. En silence, ils se rapprochèrent de la clairière. Ils ne tardèrent pas à découvrir les bâtiments de la tuilerie bien éclairés par la lune.

– T'as combien de copains là-dedans? demanda Rico a voix basse.

– Quatre.

– Ils sont armés?

– Oui.

– Quels flingues?

– Des Beretta.

– A quel endroit ils crèchent?

Du doigt, Sechoukian désigna, sur la gauche des bâtiments, une construction isolée en briques, plus récente mais très petite avec seulement une porte et une fenêtre.

Rico définit rapidement la stratégie du groupe.

– On va les cerner. Langsam tu feras le tour par derrière. Moi, je m'approcherai de la baraque avec lui, dit-il en désignant Charly. Toi, Cloclo, tu nous couvriras. D'accord?

– OK! approuvèrent les deux autres.

L'Allemand partit le premier. Il décrit un large quart de cercle autour de la maisonnette en restant dans l'ombre portée des arbres entourant la clairière.

Lorsqu'il eut disparu derrière la baraque, Rico poussa d'un bourrade dans le dos le prisonnier en avant. Tout en marchant, il lui fit doucement ces recommandations:

– Quand on arrivera devant la porte, tu appelleras tes copains en leur disant que t'as besoin d'eux. Que ton bahut est en panne. T'as compris?

– Oui.

Ils s'engagèrent ensuite à découvert à travers la clairière. Rico ne paraissait pas très rassuré. Il craignait que les autres, alertés par le bruit lointain du moteur du Beliet, ne se tiennent sur leurs gardes et ne se mettent à tirer sur eux. C'est la raison pour laquelle il collait littéralement Charly. Celui-ci, par contre, savait qu'ils ne risquaient rien. Crevés par le travail intensif auquel ils se livraient depuis plusieurs jours, ses copains devaient tous dormir comme des pioches.

Lorsqu'ils furent devant la maisonnette, Rico se plaqua aussitôt dos au mur et, d'un geste, fit signe à son prisonnier que c'était à lui de jouer.

Sechoukian commença à taper du poing contre la porte.

– Les gars, c'est Charly! Réveillez-vous, j'ai besoin d'un coup de main! Mon camion s'est embourbé!

La réaction des autres ne fut pas immédiate. Il fut obligé de renouveler son appel:

– C'est Charly! J'ai besoin de vous! J'ai des ennuis avec mon bahut! répéta-t-il.

Finalement, des bruits parvinrent de l'intérieur. La porte s'ouvrit. Un type ébouriffé, vêtu seulement d'un slip et d'un tee-shirt parut sur le seuil.

– C'est toi Charly qui fais tout ce raffut? Qu'est-ce qui ne va pas?

L'ancien boxeur se tenait silencieux, bien en vue face à la porte.

Trois-Six fut le second à paraître, suivi d'un grand maigre surnommé Fil de fer et de Martins le Belge dit Dent d'or.

Comme Charly restait immobile face à eux, toujours étrangement silencieux, Antoine Serrati répéta sa question:

– Qu'est-ce qui t'arrive donc?...

La réponse vint de la part de Rico. Il se démasqua brusquement et, pistolet-mitrailleur braqué contre le groupe, il ordonna:

– Sortez tous de là-dedans! Les mains sur la tête!

Trois-Six fut le seul à ne pas obéir à l'injonction. Il fit un pas en arrière. Sechoukian crut bon de l'avertir que toute réaction inconsidérée de sa part était inutile:

– On est cuit patron! Ils cernent la baraque!

Les trois autres avaient déjà compris la menace. Ils sortaient tous les bras en l'air. Leur chef ne réagissait pas encore. Il essayait de comprendre. Il demanda à l'ancien boxeur en désignant l'homme armé:

– Qui c'est ce type? La police?...

Charly secoua la tête:

– Non patron... C'est un des gars de Dantès...

Pris d'une rage soudaine, Trois-Six bouscula ses propres hommes et, sans se soucier du pistolet-mitrailleur braqué sur lui, fit deux pas dans la direction de Rico.

– Qu'est-ce que c'est que cette histoire? Qu'est-ce que vous venez foutre ici à cette heure?

– Recule Serrati! Recule ou je te plombe!

Trois-Six comprit cette fois que la menace était sérieuse. Il stoppa net son mouvement mais, toujours sans lever les bras, lança cette protestation:

– Vous n'avez pas le droit de venir nous emmerder ici! De vous occuper de nos affaires! C'est une rupture des accords. Je demanderai l'arbitrage! Vous allez vous mettre tout le monde à dos!

– Ta gueule! hurla Rico.

– Je veux voir Dantès! insista Serrati. Je veux avoir une explication d'homme à homme avec lui! Moi, j'ai toujours été régulier!

Cloclo venait de rejoindre le groupe.

– Et ton copain Mario? Il a été régulier, lui? En fourguant sa came sur tous nos secteurs?

Trois-Six sembla un peu démonté par cette remarque. Il se reprit pourtant et rétorqua:

– Si Mario a fait le con avec vous, ce sera à lui de payer les pots cassés. Je le connais. Il raquera ce que Dantès exigera comme réparation!

Il continua, mais cette fois un ton plus haut:

– En ce qui concerne mes propres affaires, c'est autre chose. Je n'admets pas que vous y fourriez le nez. Vous allez me faire le plaisir de foutre le camp et de nous laisser dormir!

– Non mais dis donc, Trois-Six, faut quand même pas charrier! On n'est pas venu ici comme ça sur un coup de tête. C'est sur ordre du patron. Il a été bien rencardé sur ce qui s'est passé à Montbéliard. Il sait que c'est vous qui avez décroché le gros lot. Il savait aussi que cette nuit vous alliez livrer la came aux gars de Mario. Manquait que l'endroit où était située votre planque. A présent, il saura!

– Je veux parler à Dantès! Appelle-le sur ton portable!

– C'est pas prévu. Le patron n'aime pas être dérangé par n'importe qui. C'est la règle. D'ailleurs, il sera ici demain dans la journée. Si t'as quelque chose à lui dire, tu pourras lui parler!

Langsam, qui venait d'explorer la cabane, en ressortit avec un Famas, deux fusils à pompe, un revolver 9 mm et une sacoche contenant des munitions.

– Bas mal gomme arzenal, dit-il avec son fort accent.

– Allez, dit Rico en s'adressant aux prisonniers, à présent vous allez tous regagner votre piaule. Mais je vous préviens: le premier qui pointera son nez dehors sera flingué! A bon entendeur salut!

Comprenant que, cette nuit, la partie était jouée, Trois-Six et ses hommes rentrèrent à nouveau dans la maisonnette, cette fois sans protester.

– Langsam, tu prendras la première garde, commanda Rico. Toi, Cloclo, tu ramèneras la Mégane dans la cour et moi le camion. Ensuite, on appellera le patron pour lui dire ce qui vient de se passer...

Chapitre 14

A six heures du matin, l'inspecteur principal des douanes, Jean-Jacques Hatier, se présenta dans les locaux de la Police judiciaire de Dijon où le commissaire divisionnaire François Teyssier, et le capitaine de gendarmerie Guy Garisson qu'il avait fait avertir de sa visite, l'attendaient avec une impatience mêlée de curiosité.

– Pour nous avoir tirés du lit dès potron-minet, je pense que vous devez avoir des choses importantes à nous apprendre Monsieur l'inspecteur principal? dit le patron du G.I.R. lorsque le douanier fut installé dans un fauteuil en face de lui.

– Oui, en effet commissaire. J'ai l'impression que nous disposons cette fois d'une information intéressante.

– Eh bien, nous vous écoutons?

Hatier observa un bref silence afin de mieux rassembler ses idées, puis il commença:

– La nuit dernière, notre équipe volante de Saône-et-Loire, en collaboration avec quelques militaires de la brigade de gendarmerie de Pierre-de-Bresse, avait dressé un barrage routier dans les environs de la commune de

Bellevesvre. Cette opération de contrôle répondait en tous points aux conditions du plan d'action que nous avons défini dans le cadre du G.I.R. lors de notre précédente réunion. Seuls les services de police n'étaient pas concernés puisque le contrôle se déroulait en zone rurale. Il était un peu plus de deux heures du matin et nos hommes s'apprêtaient à lever le barrage lorsqu'un camion chargé de cuves à mazout se présenta. L'une de nos jeunes agents entreprit aussitôt d'en vérifier les papiers de bord. L'examen minutieux de ceux-ci ne donna lieu à aucune observation particulière. La fonctionnaire en question autorisa donc le chauffeur du véhicule à repartir. C'est à ce moment qu'une étrange odeur l'intrigua.

– Une odeur de mazout?

– Non, une odeur d'absinthe! Avouez que pour un camion changé de citernes censées transporter du fuel, ça paraissait bizarre. Depuis le vol d'alcool pur qui a eu lieu dans les entrepôts de la Distillerie Générale de l'Est, chacun sait dans nos services respectifs que tôt ou tard cet alcool ressortira sous forme d'apéritifs prohibés. Faux pastis, absinthe de synthèse, tout est possible en matière de fabrication clandestine pour les gangs de l'alcool. Bien qu'elle débutât dans le métier, notre jeune collègue eut un réflexe intelligent. Appliquant à la lettre les instructions reçues, selon lesquelles dans la délicate affaire de Montbéliard il ne fallait à aucun moment brusquer les événements en cas de découverte d'un indice, elle n'intervint pas pour arrêter à nouveau le camion suspect. Elle avertit au contraire son chef de poste de ce qu'elle venait de remarquer. Tous deux, accompagnés de deux gendarmes, prirent aussitôt place à bord d'une de nos voitures de service et se lancèrent discrètement à la poursuite du véhicule odorant.

– En langage douanier, je pense que c'est ce qui s'appelle avoir du flair! plaisanta le commissaire Teyssier.

– Je ne vous le fais pas dire...

Jean-Jacques Hatier observa à nouveau une courte pause avant de reprendre son récit:

– En suivant le camion, poursuivit-il, nos collaborateurs se sont vite aperçus qu'une autre voiture qui les précédait, une Mégane, collait aussi au poids lourd. Les passagers de cette automobile ont rapidement compris que le camion était pris en filature. S'agissant sans doute de complices de la même bande de malfaiteurs, ils se sont empressés d'avertir le chauffeur du danger. Ensuite, ils ont commencé à faire de l'obstruction à nos agents en ralentissant leur véhicule sur les routes étroites de cette région de la Bresse, permettant au camion chargé de cuves à mazout de prendre le large. Comble de malchance, notre voiture de service n'était pas équipée d'une radio et le portable de notre chef de poste étant hors circuit par manque de recharge, je n'ai pas pu être alerté et appeler le central de la gendarmerie pour déclencher le plan Epervier. Peu après, les occupants de la Mégane n'ont eu aucun mal à semer leurs poursuivants. La filature s'est arrêtée-là.

Le commissaire divisionnaire Teyssier esquissa une grimace.

– Sale coup, dit-il. Si tout avait bien commencé, à présent il va falloir repartir à zéro. Les truands, se sachant repérés, vont d'autant plus se méfier...

– C'est ce que j'ai immédiatement pensé lorsque le chef de section Tournier a pu enfin m'alerter dans le courant de la nuit.

– Vraiment dommage que mes brigades n'aient pas pu être contactées, car elles auraient aussitôt mis en place le dispositif prévu, regretta à son tour le capitaine Garisson.

– Oui, ces défauts techniques sont bien fâcheux, constata amèrement le policier. A l'avenir, j'espère que vos agents veilleront à vérifier leurs appareils de communication avant de partir en mission!

Conscient que la douane portait une part de responsabilité dans l'échec de l'opération de filature des malfaiteurs, l'inspecteur principal Hatier s'empressa d'ajouter:

– Heureusement, rien n'est encore perdu. En agissant rapidement, je crois que nous arriverons à redresser la situation.

– Comment cela? demanda le chef du G.I.R. sceptique et visiblement moqueur. Vous croyez pouvoir remonter la piste des fugitifs dans cette région de forêts et d'étangs? Autant chercher une aiguille dans une meule de paille! A moins d'être devins, je ne vois pas comment nous pourrions retrouver rapidement ces malfaiteurs?

– Je ne suis pas devin, mon cher commissaire. Pourtant, je suis à peu près certain, à présent, d'avoir localisé le point de chute de la bande!

– Comment avez-vous fait?

Hatier ménagea un peu son effet avant de reprendre:

– Aussitôt alerté, j'ai demandé qu'on me transmette par fax le rapport de la jeune agent de constatation à l'origine de la suspicion olfactive de l'affaire. Malgré son manque d'expérience, elle avait consigné sur son carnet de service plusieurs informations très intéressantes. Notamment les coordonnées de la plaque minéralogique du camion, celles du conducteur et surtout le nom de son employeur. Grâce à la direction départementale des services fiscaux du Jura, j'ai appris qu'une certaine entreprise Duchêne, spécialisée dans l'installation de chauffage central industriel, s'était récemment établie sur le territoire de Le Villey, une petite commune de la Bresse jurassienne. En contactant, la nuit dernière par téléphone, le maire de cette localité, celui-ci m'a fourni les informations suivantes: Il y a environ deux mois, il a reçu la visite d'un homme d'une bonne trentaine d'années au fort accent méridional. Celui-ci lui a annoncé qu'il venait de se rendre acquéreur d'une ancienne tuilerie située au centre de la Forêt d'Amont, sur le territoire de sa commune, et qu'il allait y installer prochainement un atelier d'entretien et un entrepôt de cuves à fuel. Etant donné son isolement et le fait que les citernes seraient vides, l'entreprise Duchêne n'occasionnerait aucune nuisance pour la population du village de Le Villey, ce qui ne nécessiterait pas d'enquête préalable de la part des services de sécurité.

– Celui qui a eu l'idée de concevoir cette couverture industrielle pour exercer son trafic est un type extraordinaire! s'exclama le commissaire divisionnaire Teyssier.

– Oui, un type génial! convint le capitaine Garisson. Qui aurait pu soupçonner dans la région que ces banales cuves de fuel pouvaient avoir un autre usage que les installations de chauffage central? Heureusement que l'odorat de votre jeune agent a été mis en éveil par cette étrange odeur d'absinthe qui n'avait rien à voir avec celle du mazout, autrement le transport de ces cuves supposées vides auraient pu durer encore longtemps!

A cet instant, l'un des appareils téléphoniques placés sur le bureau du commissaire divisionnaire Teyssier se mit à sonner. Il décrocha et, au fur et à mesure de la communication qui suivit, ses deux visiteurs matinaux remarquèrent sur son visage la trace de sa profonde émotion.

– Bon Dieu! s'exclama-t-il au terme de l'appel. Je pense bien que ça m'intéresse! Montez-moi ça tout de suite!

Il raccrocha le combiné et, s'adressant à ses interlocuteurs, déclara d'un ton très excité:

– Mes chers amis, nous avons décidément la baraka! On m'annonce que nous venons de recevoir par radio, copie de la bande enregistrée il y a à peine une heure par le service d'écoute branché sur le portable du nommé Francis Piétri, bras droit d'Edmond Montana, dit Dantès, l'un des suspects dont vos collègues marseillais m'avaient fourni les identités, monsieur Hatier. Il paraît que cet enregistrement est particulièrement significatif!

Quelques instants plus tard, un jeune inspecteur entra dans le bureau du commissaire divisionnaire et brancha aussitôt sur une prise de courant le magnétophone dont il était porteur.

Les responsables du G.I.R. perçurent d'abord le chuintement de la bande magnétique puis une voix au timbre discret se fit entendre:

– Allô monsieur Piétri?

– Oui.

– Ici Rico!

– Alors? Comment ça s'est passé?

– Assez bien dans l'ensemble... Sauf que Sechoukian nous a un peu donné du fil à retordre... Mais après avoir fait la mauvaise tête, il a fini par nous conduire jusqu'au nid.

– Et Trois-Six?

– Il est à notre pogne avec le reste de son équipe. Ça s'est passé en douceur après qu'on les eut tirés du lit. On les a tous bouclés en attendant votre arrivée et celle du patron...

– La marchandise?

– On va pouvoir en récupérer la plus grande partie.

– Comment la stockaient-ils?

– Ils avaient trouvé un truc sensas. Des cuves neuves destinées à transporter du gaz-oil. Sur leur camion était peint en grosses lettres cette enseigne: *Société Duchêne, entreprise de chauffage central industriel*! Avec une couverture comme celle-là, ils pouvaient circuler partout sans attirer l'attention. Fallait y penser!

Un silence suivit, à la mesure de l'étonnement admiratif provoqué par cette révélation. Puis à nouveau la voix du nommé Piétri se fit entendre:

– Il se trouve où, ce dépôt?

– Dans le Jura. Dans une tuilerie abandonnée située sur le territoire d'un petit bled appelé Le Villey. En plein milieu d'un bois. Un endroit peinard où on risquait pas de venir les emmerder. Nous, on n'aurait pas trouvé non plus si Sechoukian n'avait pas parlé.

– Comment on fait pour s'y rendre, dans cette planque? Donne-moi un peu plus d'explications.

– Le mieux, c'est de prendre l'A 39, de sortir à l'aire du Jura et de rejoindre la Départementale 475 en direction de Dole.

– Va pas si vite, je prends des notes...

L'interlocuteur du nommé Piétri s'interrompit un instant, puis reprit, plus lentement:

– En arrivant dans un hameau qui s'appelle Pont-du-Bourg, faut emprunter sur la gauche une petite route, la D 96 qui va sur Le Villey et traverse la Forêt d'Amont. A environ un kilomètre cinq cents toujours sur la gauche, il y a un chemin indiqué par une vieille pancarte où on peut lire «Tuilerie». C'est par là qu'on y arrive. De toute façon, vous me téléphonerez quand vous sortirez de l'autoroute et je vous attendrai à l'entrée de ce chemin. Vous pensez arriver dans combien de temps?

– J'en sais encore rien. Je vais aller réveiller le patron pour l'informer de ce qui vient de se passer. On partira sans doute aussitôt. Avec sa Chrysler Crossfire, on sera sûrement sur place en milieu de matinée.

– Ce sera mieux ainsi... Car il faut quand même que je vous le dise... A mon avis, il y a quelque chose qui cloche dans cette affaire... Ça a l'air de s'être arrangé, mais j'ai toujours des doutes... On peut pas savoir ce qui risque d'arriver par la suite...

– Qu'est-ce qui tu crains?

– Ben voilà... Cette nuit, en roulant avec le camion de Trois-Six que conduisait Sechoukian, on est tombé sur un barrage de la douane et de la gendarmerie. Un barrage très important. Pour avoir mobilisé autant de monde, ils devaient sans doute rechercher du gros gibier. Pour

Sechoukian et notre équipe tout a eu l'air de bien se passer... Seulement, un peu plus tard, en roulant en direction de la Tuilerie, on a remarqué qu'on était pris en filoche par une voiture avec quatre hommes à bord. On les a facilement semés, mais j'ai eu l'impression que s'ils suivaient le camion chargé de ses cuves à fuel, c'est qu'ils avaient soupçonné quelque chose d'anormal... C'est la raison pour laquelle je suis inquiet... Faudra pas trop tarder pour déménager la came, car ils risquent à présent de ratisser la région...

Un nouveau silence suivit. Puis la voix de Piétri se fit à nouveau entendre.

– T'as bien fait de me raconter cette histoire. Ça me paraît aussi bizarre. Je vais en parler au patron. On va faire le nécessaire pour transporter le stock dans les vingt-quatre heures sur un autre site. On a heureusement déjà tout prévu. En attendant, ne bougez pas de votre planque pour éviter de vous faire repérer avant qu'on arrive!

– D'accord, monsieur Piétri. On suivra vos instructions. A tout à l'heure!

Le jeune inspecteur de la P.J. coupa le son du magnétophone et regarda le commissaire divisionnaire en attendant que celui-ci manifeste ses sentiments.

Teyssier ne reprit pas aussitôt la parole. L'enregistrement avait produit sur lui, comme d'ailleurs sur tous les autres protagonistes, une très forte impression.

Le capitaine Yves Garisson fut le premier à rompre le silence. Il demanda,

– Qui c'est, ce Piétri?

Teyssier répondit aussitôt:

– D'après les renseignements qui m'ont été transmis à son sujet par mes collègues marseillais, il s'agirait du comptable d'Edmond Montana. Un type très intelligent qui est tombé autrefois dans une juteuse affaire de falsification d'écritures. Depuis, il est au service exclusif de Montana dit Dantès, l'une des plus grosses pointures du Midi en matière de trafics d'alcools. Piétri, qu'on surnomme Calculette dans le milieu, s'occupe de faire rentrer l'argent dans les caisses de son patron et de gérer ses intérêts dans les nombreuses affaires légales qui servent à justifier les revenus faramineux de celui-ci.

– Si j'ai bien compris le sens de la conversation que nous venons d'entendre, poursuivit l'officier de gendarmerie, on dirait qu'il s'agit d'une sorte de règlement de comptes entre deux bandes rivales: celles du surnommé Trois-Six et de Dantès?

– C'est aussi mon avis, dit l'inspecteur principal Hatier.

– Oui, approuva Teyssier. Le gang à l'origine de l'affaire de Montbéliard a l'air de s'être fait doubler par l'autre équipe.

– Alors, c'est formidable! exulta le douanier. On va faire d'une pierre deux coups en arrêtant les deux bandes en flagrant délit.

Le commissaire divisionnaire crut bon de refroidir un peu cet enthousiasme.

– Ne vendons pas si tôt la peau de l'ours. L'opération risque de ne pas se dérouler aussi facilement que nous l'espérons. Nous allons avoir affaire à deux gangs redoutables qui ne se laisseront sans doute pas facilement arrêter. Le sang risque de couler. C'est la raison pour laquelle, outre la mobilisation de nos effectifs respectifs, je vous propose de faire appel au Raid[1]. Qu'en pensez-vous?

– Je suis d'accord, approuva Garisson.

– Moi aussi, dit Hatier.

– Eh bien, messieurs, rendez-vous à partir de dix heures sur le terrain. Nos unités devront bien sûr opérer sans être vues. Je les brieferai comme il se doit avant de partir!

---

[1] RAID – Unité de Recherches, Assistance, Intervention, Dissuasion.

Chapitre 15

La Chrysler vira large dans la cour de la Tuilerie et vint s'arrêter en souplesse juste devant l'entrée du bâtiment. Ses deux passagers descendirent, aussitôt accueillis par Rico venu à leur rencontre.

Par la porte entrouverte de l'atelier s'échappait une forte odeur d'absinthe, qui rappela aux visiteurs la nature de l'activité clandestine pratiquée en ce lieu isolé au milieu d'une forêt.

– Bonjour monsieur Montana, bonjour monsieur Piétri. Vous avez fait bonne route? demanda Rico avec une certaine déférence.

– Oui, une excellente moyenne.

– Vous n'avez pas rencontré de barrages?

– Non, aucun, dit Calculette.

– Qu'est-ce que c'est, cette histoire de filature dont tu as parlé tout à l'heure à Piétri? demanda Dantès.

– C'est vrai patron. La nuit dernière, on a été suivi par une voiture suspecte. Cloclo et Langsam s'en sont aperçus à temps et ont pu la semer. Il y avait quatre hommes à bord.

– Qui c'étaient, ces types?

– Ils ont pas pu le savoir, mais je pense qu'il s'agissait de gendarmes ou de douaniers car on venait juste d'être contrôlés sur un barrage...

Edmond Montana réfléchit un instant, le visage soucieux.

– J'aime pas bien ça, dit-il. C'est peut-être la preuve que ces salauds sont aussi sur la piste de Trois-Six?

– Oui, c'est vrai. Ici, malgré l'isolement du coin, on n'est pas à l'abri d'un coup dur, approuva Rico.

Edmond Montana balaya les sous-bois voisins d'un regard soupçonneux.

Pour l'instant, tout était calme à l'entour de la vaste clairière. En cette fin de matinée le soleil éclairait les jeunes frondaisons d'une lumière dorée. Des oiseaux chantaient à gorge déployée dans la brise printanière.

Homme de la grande ville, plus familier des rues encombrées de voitures que des sous-bois bucoliques, Dantès se sentait mal à l'aise dans ce cadre. Avec son costume italien d'une élégance raffinée, il détonait dans le décor.

– Cet endroit entouré d'arbres ne me plaît pas, dit-il. On a l'impression d'étouffer. De plus, on peut nous tomber dessus à tout moment sans crier gare!

– C'était pourtant une bonne planque, expliqua Rico. Loin de tout. Ici, ils ne risquaient pas d'attirer l'attention des curieux à cause de l'odeur de la came pendant sa fabrication et sa mise en bouteilles. Je me demande quelle connerie les gars de Trois-Six ont commise pour se faire repérer par les képis?

– On a bien remonté la filière jusqu'ici, remarqua Dantès. Les gabelous sont pas plus cons que nous!

Cloclo et Langsam arrivèrent à leur tour près de leur patron. Chacun d'eux portait son pistolet-mitrailleur autour du cou, car ils avaient monté la garde à tour de rôle autour de la cabane où Trois-Six et ses hommes étaient toujours enfermés. Ils serrèrent la main de Dantès et saluèrent également Piétri.

– Si les gabelous et les cognes pensent que la planque de Trois-Six se trouve dans ce secteur, ils ne vont pas tarder à ratisser les environs. C'est pas le moment de moisir ici, dit Rico.

– Oui, va falloir déménager au plus vite, approuva Piétri.

– Déménager... Déménager... C'est facile à dire, objecta Cloclo. Faut voir le bazar qu'il y a à l'intérieur de la tuilerie! Des cuves d'alcool pleines à ras bords, des jerricans d'additifs, des flopées de bouteilles! Faut pas compter transporter tout ça sur des charrettes à bras!

– T'en fais pas, dit Calculette. Ce matin, avant de quitter Marseille, on a pensé à ça. On a demandé au Rital de venir avec trois de ses camions. La nuit prochaine, ils pourront emmener l'absinthe déjà fabriquée et une grande partie du stock d'alcool. On cachera tout dans notre planque de Haute-Provence avant d'être en mesure de fourguer la marchandise, quand elle sera prête, à nos équipes de vente sur le terrain.

– A propos de fourgue, dit Rico. Qu'est-ce que vous comptez faire de Trois-Six et de ses guignols?

– Où sont-ils?

– Bouclés là-bas, dans ce cagibi.

Du doigt il désignait le petit local en briques rouges où les autres étaient enfermés depuis la nuit précédente.

– Ces enfoirés n'ont pas arrêté de nos traiter de tous les noms, dit Cloclo.

– Ils veulent vous parler patron, précisa Rico.

– Eh bien, je vais leur donner satisfaction à ces messieurs. Moi, je suis comme les ministres du gouvernement. J'ai jamais refusé le dialogue.

Sans plus tarder, les cinq hommes se dirigèrent vers la cabane où croupissaient les prisonniers.

Langsam ouvrit la porte d'un coup de pied, mais resta prudemment sur le seuil, pistolet-mitrailleur braqué vers l'intérieur.

Les autres venaient d'assister à l'arrivée de Dantès et de Piétri en regardant par une lucarne. Ils ne bronchèrent pas tout d'abord. Ils restèrent allongés sur leurs lits de camp qui faisaient ressembler l'étroit réduit à un mini-dortoir.

– Salut les hommes! lança ironiquement Montana. A ce que je vois, on fait encore la grasse matinée?

Trois-Six, qui se trouvait tout au fond, se leva d'un bond et s'approcha du visiteur.

– Ecoute Dantès, cesse de déconner! Je ne suis pas d'humeur à entendre tes plaisanteries! Qu'est-ce que c'est que cette histoire?

– Quelle histoire?

– L'attitude de tes gars!

– Ils ont pas été corrects avec vous?

– T'appelle ça de la correction, toi? Etre braqués par des cinglés et enfermés dans cette piaule comme des malpropres!

Edmond Montana sortit sa pochette d'une blancheur immaculée. Il essuya délicatement la commissure des lèvres.

– Mes hommes n'ont fait qu'exécuter mes ordres, dit-il

sans élever la voix. Si vous n'aviez pas fait les fortes têtes et obéi sagement, ils vous auraient mieux traités. Je leur avais d'ailleurs recommandé d'être courtois avec vous si vous vous montriez coopératifs.

– Tu te fous de moi?

– Pas du tout. Je voulais simplement m'intéresser à tes affaires avant que tu ne fasses des conneries.

– Eh bien, si c'est sur ton ordre que ces tordus ont agi, laisse-moi te dire, Dantès, tu es un beau salaud!

Montana ne releva pas l'insulte, mais son visage se crispa imperceptiblement. Une lueur mauvaise passa dans son regard.

– Le salaud, dit-il sans hausser le ton, tu ne crois pas que c'est plutôt celui qui cherche à doubler les amis?

– Je n'ai jamais doublé personne!

– Et avec ça! Qui profite des difficultés de la concurrence pour lui refaire sa clientèle?

– Je ne le fais pas!

– D'autres s'en chargent à ta place! Ton fourgue, Mario Berruti, par exemple. Il a donné comme consigne à ses hommes d'inonder le marché tous azimuts avec l'absinthe que tu vas lui fournir. Sans s'occuper d'empiéter sur les secteurs des copains!

Face à cette accusation, Trois-Six accusa le coup. Il baissa la tête pour réfléchir un instant puis expliqua d'une voix qui avait perdu à présent toute sa véhémence:

– Ecoute, Dantès, tu me connais?... Tu sais comment je travaille? Mes hommes et moi, on n'a jamais été autre chose que des intermédiaires... La distribution sur le terrain, ça n'est pas notre job...

Une petite lueur narquoise illuminait à présent le regard d'Edmond Montana. Il adorait mettre les autres dans l'embarras. Cette fois, ça n'était pas n'importe qui, mais quelqu'un pour lequel il avait eu jusqu'ici sinon de l'admiration, du moins une certaine considération. Dans le fond il se moquait comme de sa première chemise des explications laborieuses de Serrati. Le problème n'était pas dans la concurrence supposée que celui-ci lui faisait, mais ailleurs...

– Comprends-moi, Dantès, poursuivit Trois-Six, je ne suis pas responsable de ce que font mes fourgues... Si tu estimes que Mario t'a causé du tort, ce sera à lui de te dédommager... Pas à moi!

– Des mots, tout ça, des mots! En attendant, moi, je perds tous les jours des parts de marché!

– Si tu t'estimes lésé, ajouta Serrati, tu n'auras qu'à demander l'arbitrage, Je suis prêt à prendre ma part de responsabilité et à me conformer à la décision qui sera prise durant la réunion!

– L'arbitrage, je m'en suis passé jusqu'ici, dit Dantès avec un certain mépris. J'ai réglé mes affaires tout seul. D'homme à homme avec ceux qui me causaient du tort. Ça s'est toujours bien terminé... En tout cas pour moi!

Cette dernière phrase était on ne peut plus explicite. Elle signifiait que Dantès avait l'habitude de sortir vainqueur de tous les conflits. Soit parce que ses adversaires cédaient à ses exigences, soit parce qu'il les éliminait physiquement.

Tandis que leurs chefs discutaient, les hommes de deux camps demeuraient silencieux. Ceux de Serrati restaient assis sur leurs lits, ceux de Montana encadraient leur patron, pistolets-mitrailleurs à la main.

Un flot de lumière blonde entrait par la porte et éclairait la pièce en désordre, au sol jonché de bouteilles de bière vides, de vieilles boîtes de conserve et de plâtras. Lorsqu'ils avaient pris possession des lieux une semaine auparavant, les gars de Trois-Six avaient eu d'autres chiens à fouetter que de faire le ménage. Ils s'étaient contentés de dresser des lits de camp dans le réduit et d'y installer un petit matériel de camping pour faire un peu de cuisine.

Un court silence suivit les propos sans ambiguïté de Dantès, dont tous les protagonistes mesurèrent les menaces sous-jacentes.

– Ecoute-moi, Trois-Six, reprit-il. Pour régler le différend qui nous oppose, j'ai une proposition à te faire...

– Je t'écoute.

– Je t'offre de monter avec toi une association en bonne et due forme.

– Qu'est-ce que tu veux dire? Pour faire quoi?

– Dans l'affaire de l'absinthe que tu es en train de très mal gérer, je te propose de travailler fifty-fifty. Toi, tu continues de t'occuper de la fabrication, moi je te prête mon concours pour la distribution. avec en plus ma protection!

Serrati ne put s'empêcher de sursauter et de hausser à nouveau le ton:

– Tu te fous de moi?

– Pas du tout. C'est très sérieux. Toi, tu ne perds rien puisque tu es sûr de récupérer ta part. Moi, je suis indemnisé pour les dommages que je subis!

– Et Mario? Qu'est-ce qu'il devient dans tout ça?

Dantès esquissa un geste de dérision.

– Mario, il n'a rien à dire dans cette affaire qui ne concerne que toi et moi. Entre nous deux, il ne fait pas le poids. D'ailleurs, faudra qu'il s'estime heureux de s'en tirer à si bon compte. En général, je suis moins arrangeant avec ceux qui marchent sur mes brisées. Pas vrai les gars?

Il venait de se tourner du côté de ses hommes pour quêter leur approbation. Rico s'exprima pour eux.

– C'est bien vrai, patron! Tous ceux qui ont cherché à vous faire des crasses s'en sont mordu les doigts!

– Surtout les doigts de pied, ricana Cloclo en évoquant le sort des nombreux types que le gang avait balancés au large dans la Méditerranée, avec un poids de vingt livres aux chevilles.

A l'exception de leur chef qui ne broncha pas, la bande salua cette saillie d'un gros rire.

La plaisanterie n'entraîna pas la même réaction dans l'autre camp. Tous connaissaient la réputation de la sinistre bande et commençaient à se demander si l'entretien entre Dantès et Trois-Six n'allait pas se clore à leur détriment par des rafales de pistolets-mitrailleurs?

Antoine Serrati était sans doute le seul de son équipe à ne pas redouter un tel épilogue, à ruminer d'aussi sombres pensées. Il n'éprouvait toujours qu'un seul sentiment: une rage folle à l'idée de s'être laissé piéger. Il se reprochait amèrement de ne pas avoir pris plus de précautions pour éviter ce guet-apens. Il devait pourtant bien s'attendre à ce que l'énorme stock d'alcool raflé à Montbéliard déchaînerait les convoitises. Ce qui était sûr, c'est qu'il n'avait pas été trahi par l'un des siens, puisqu'ils étaient tous prisonniers comme lui. Non, le mauvais coup venait certainement de l'équipe de Mario, dont l'un des hommes avait donné à Dantès le lieu de rendez-vous de la carrière.

A présent, il était trop tard pour revenir en arrière. Il fallait envisager la suite. Trois-Six savait qu'il possédait encore des cartes dans son jeu. La situation ne lui semblait pas aussi désespérée qu'on pouvait le croire. Il n'avait rien de comparable avec les trafiquants minables que Montana avait envoyés ad patres d'une chiquenaude sans créer de remous dans le Landerneau des trafiquants marseillais, sinon un petit clapotis au moment où on avait balancé leurs corps à la mer.

Trois-Six avait une autre surface sur le marché. On le classait parmi les plus gros. Si on le trucidait, ça ferait du bruit. Ça signifierait que les ententes tacites entre les gangs étaient rompues. Les autres patrons se poseraient des questions. Ils se demanderaient ce que Dantès avait derrière la tête? Lui qui se vantait de mépriser l'arbitrage des sages du milieu n'avait déjà pas tellement bonne presse. Il risquait de payer cher l'assassinat de Trois-Six car toute la profession ferait bloc contre lui pour l'éliminer à son tour.

Montana était trop intelligent pour ignorer les conséquences que déclencherait un acte inconsidéré dans cette affaire. Sa proposition d'association était mûrement réfléchie. Si Serrati l'acceptait, elle lui permettrait de réaliser sans coup férir une des plus belles opérations de sa carrière. Une énorme prise de bénéfices dans un coup dont il n'aurait pas assumé les risques.

Mais Trois-Six n'était pas du bois dont on fait les poires.

– Toi au moins, Dantès, reprit-il après un long instant de réflexion, tu ne manques pas d'air! Le coup de la Distillerie Générale de l'Est, tu sais à présent que c'est moi qui l'ai goupillé de A à Z. Maintenant que tout est dans le sac. Qu'il n'y a plus qu'à ramasser les bénéfices, tu t'invites à la distribution. C'est bien ça, n'est-ce pas?

– Disons que j'envisage simplement de remplacer Berruti au moment de l'encaissement. Pour toi, ça ne changera rien, précisa-t-il d'une voix toujours aussi calme.

– Je ne suis pas d'accord! dit Trois-Six. Mario, c'est mon pote. Je travaille avec lui depuis des années. Je ne le laisserai pas tomber!

Les yeux de Dantès se durcirent. D'un ton toujours aussi faussement calme et conciliant, il ajouta:

– Ce que je te propose, c'est plus dans ton intérêt que dans le mien, car tu n'as plus le choix...

Serrati prit ces propos pour une menace. Il répliqua aussitôt, non sans panache:

– Dantès, même avec toute l'artillerie de tes hommes, tu ne me fais pas peur! Si tu veux me descendre, fais le tout de suite car je ne marcherai jamais dans ta combine! Je te préviens seulement que ma mort et celle de mes hommes ne resteront pas longtemps impunies! Tu sais très bien ce que je veux dire!

– Pourquoi me prêtes-tu des idées aussi morbides? Je n'ai pas du tout l'intention de te supprimer! Quand je dis que tu n'as plus le choix, c'est pour une autre raison...

– Laquelle?

– T'es cuit, Trois-Six! T'es à la veille de tomber!

– Qu'est-ce que tu dis?

– C'est la vérité. Je vais te l'apprendre...

Il observa un temps de silence, puis expliqua avec gravité et conviction:

– Ça sent le roussi pour toi. Les képis sont sur tes traces. Ils suivaient ton camion la nuit dernière. Mes gars ont réussi à les semer, mais ils se doutent certainement que ton entrepôt de stockage se trouve dans la proche région. Ils sont en train de ratisser les environs. Ils vont sûrement débarquer ici d'un instant à l'autre. Ça n'est qu'une question d'heures. Peut-être de minutes...

Visiblement ébranlé par ce qu'il venait d'entendre, Trois-Six n'en perdit pas pour autant le sens des réalités.

– Si je suis vraiment dans la merde, comme tu le prétends, je ne vois pas en quoi le fait de m'associer avec toi pourrait me tirer d'affaire?

– Tu fais erreur. Sans moi, tu ne t'en sortiras pas. Les flics ou les douaniers te coffreront, toi et ton équipe. Même si tu parviens à t'échapper de leurs griffes, ils saisiront ton stock d'alcool et tu perdras tout!

– Et comment penses-tu m'aider?

– Mon aide est en cours. J'ai demandé ce matin au Rital de rappliquer ici toutes affaires cessantes avec trois de ses camions-citernes. Il a l'habitude de travailler pour des coopératives viticoles et différents récoltants. Il transporte en fraude à destination des chais de plusieurs négociants de Paris et de province des surplus de vins ou d'alcools déclassés. Ses chauffeurs sont équipés de faux papiers, de faux acquits. Depuis trois ans qu'ils exercent ce genre de trafic, même lorsqu'ils ont été contrôlés en route, ça s'est toujours bien passé pour eux.

A présent, Trois-Six se taisait. Il réfléchissait manifestement à la proposition de Dantès. Celui-ci comprit qu'il était en passe de le convaincre. Il s'empressa de développer d'autres arguments:

– Les camions du Rital sont actuellement en route. Ils arriveront ici au début de l'après-midi. Ils pourront embarquer presque tout ton stock. Ils le transporteront en Haute-Provence dans l'une de mes planques où tu pourras continuer tranquillement à le transformer en absinthe.

Comme Antoine Serrati ne bronchait toujours pas, supputant le profit qu'il pouvait espérer tirer de cette nouvelle situation, Dantès ajouta encore pour hâter sa décision:

– Je te le répète, Trois-Six, je t'offre une dernière chance! Si tu acceptes ma proposition, grâce au renfort de mes gars, aux camions du Rital et surtout à un nouveau point de chute, tout peut encore être sauvé! Maintenant, si tu refuses, je te laisse te débrouiller tout seul! Je ferai seulement remplir une citerne pour me dédommager et je rentrerai à Marseille avant la nuit prochaine... En te souhaitant bonne chance!

Au cours de sa déjà longue carrière, Trois-Six avait toujours été réaliste. Parce qu'il avait su faire dans bien des circonstances la part des choses, il s'était souvent sorti de situations difficiles. Depuis que Dantès lui avait révélé que les gabelous étaient sur ses traces, il s'était dit que celui-ci avait raison. Par Sechoukian, il savait d'ailleurs que la nuit précédente une mystérieuse voiture avait suivi le camion chargé de cuves et comment les gars de Dantès avaient semé ce véhicule suspect. Il s'était dit que la douane et la gendarmerie flairaient sans doute quelque chose de louche dans son activité d'installateur de chauffage central industriel. Ils devaient être en train de se renseigner pour connaître en quel endroit était installée cette bizarre entreprise. Dès qu'ils le sauraient, ils ne tarderaient pas à venir enquêter à la Tuilerie. Il était donc urgent de décamper avant leur arrivée.

Or Serrati n'avait pas prévu le cas où il serait obligé de quitter précipitamment les lieux. Il avait pensé que cette planque les abriterait jusqu'à l'épuisement du stock d'alcool et sa transformation en absinthe. Si les képis étaient accrochés à ses basques, il n'existait pour lui aucune autre échappatoire qu'un départ précipité et l'abandon de la marchandise.

Bien qu'il lui en coûtât de prononcer cette phrase, il se résolut finalement à dire d'une voix rauque:

– T'as gagné, Dantès! J'accepte ta proposition!

Un sourire discret éclaira le visage maigre d'Edmond Montana. Il fit un pas vers son concurrent et, pour sceller le marché, lui donna silencieusement l'accolade. Puis, s'adressant tour à tour aux deux équipes, il lança:

– A présent les gars, au travail! Il s'agit de préparer le déménagement avant l'arrivée des camions du Rital!

Chapitre 16

Les opérations furent rondement menées. En moins d'une heure, les hommes des deux équipes s'activèrent à brancher des tuyaux sur les cuves d'alcool de façon qu'on pût transférer facilement leur contenu dans les citernes des camions lorsque ceux-ci arriveraient dans la clairière.

D'un commun accord, Trois-Six et Dantès étaient convenus d'abandonner les caisses de bouteilles déjà conditionnées, car elle tiendraient trop de place. Seuls les jerricans de produits servant à la fabrication et les paquets de fausses étiquettes seraient emportés.

Rico était parti avec la Mercedes attendre les camions du Rital à la sortie de l'autoroute afin de les amener directement à la Tuilerie. Dès qu'ils arriveraient, on procéderait au transvasement de l'alcool et ils reprendraient aussitôt la direction du Midi.

Dantès n'avait cependant pas voulu se priver du plaisir de déguster deux doigts d'absinthe arrosés d'eau fraîche. Il avait trouvé la boisson d'une qualité exceptionnelle et en avait fait compliment à son «associé», qui n'avait pas trinqué avec lui.

Pendant que leurs hommes s'activaient, les deux chefs, penchés sur des cartes routières avaient étudié les itinéraires qui leur semblaient les plus sûrs. Il était en effet exclu que les trois camions reprennent tous l'autoroute pour rentrer. Deux d'entre eux emprunteraient la Nationale 6 puis la 7, précédés de voitures pilotes qui leur signaleraient d'éventuels barrages.

Malgré ce semblant de consensus, on ne pouvait pas dire qu'un sentiment de franche camaraderie régnait à présent entre les patrons et les membres des deux gangs. Cependant, les relations s'étaient notablement détendues. Chacun faisait son boulot au mieux. Les gens de Dantès se montraient même les plus actifs. Comme s'ils cherchaient à se démarquer de leur attitude passée, vis-à-vis de leurs ex-prisonniers.

Aussitôt après avoir accepté la proposition d'association, Trois-Six avait exigé qu'on rendît leurs armes à ses hommes. Dantès, beau joueur, avait accédé à cette demande et tous étaient rentrés en possession de leurs calibres.

Méfiants, les acolytes de Montana n'avaient cependant pas remisé leur propre artillerie. Ils portaient ostensiblement leurs pistolets-mitrailleurs en bandoulière.

Les préparatifs de départ se déroulaient toujours par un temps superbe. Une journée ensoleillée tempérée par une brise printanière agréable.

Dantès n'appréciait guère cette escapade champêtre. Il jetait souvent un regard soucieux sur les futaies et les taillis entourant la clairière. Ce mur végétal sombre, quasi impénétrable, par où pouvait venir un danger pressenti, l'inquiétait.

Le calme le plus parfait régnait cependant dans les sous-bois, seulement troublé par les chants de nombreux oiseaux.

Vers midi quinze, tandis que les truands des deux bandes achevaient leur travail à l'intérieur du hangar, il se fit soudain un étrange silence autour de la clairière. Plus un seul bruit ne fut perceptible. Comme si tous les oiseaux avaient déserté la forêt. Cela dura environ deux minutes et puis une sorte de froissement semblable à du papier que l'on déchire se fit entendre.

Une voix amplifiée par un puissant mégaphone retentit:

– Je suis le commissaire divisionnaire Teyssier!. Patron du G.I.R.! Rendez-vous! Vous êtes cernés!

Un silence empreint d'incertitude suivit. A l'intérieur, les hommes restèrent figés et s'entre-regardèrent sans comprendre ce qui arrivait.

– Laissez vos armes et sortez les uns derrière les autres en levant les bras! ordonna-t-on.

Dantès se trouvait à cet instant devant l'entrée du bâtiment principal, Il fut frappé de stupeur. La voix semblait venir d'en haut, comme la foudre tombant du ciel. Le mégaphone devait être installé au faîte d'un arbre, quelque part en bordure de la clairière. Au lieu d'obtempérer, il s'empressa de rentrer dans la tuilerie.

– C'est la police! On est coincés, dit-il d'un ton affolé.

Un mouvement de panique gagna les hommes des deux gangs. Ils refluèrent tous en désordre au fond du bâtiment et se planquèrent derrière les cuves.

Trois-Six fut le seul à ne pas perdre son sang-froid. Il s'approcha d'une fenêtre qui donnait sur la cour et, par un carreau cassé, observa ce qui se passait à l'extérieur.

Il ne vit rien. Pas l'ombre d'un seul képi. Les policiers devaient se tenir prudemment à distance, à l'abri des arbres.

Il courut ensuite vers le mur opposé. De ce côté-là, il n'y avait qu'une seule ouverture sur l'extérieur. Un étroit vasistas d'aération à hauteur d'homme. Il y jeta un rapide coup d'œil et constata qu'on ne voyait personne non plus à l'arrière de la tuilerie.

Dantès le rejoignit à cet instant. Il n'en menait pas large.

– Tu vois, qu'est-ce que je t'avais dit? lança-t-il d'une voix blanche. Parce que t'as pas été capable d'organiser ta planque, on a à présent toute la flicaille sur le dos!

Il avait perdu sa superbe et n'arrêtait pas d'éponger son front avec sa pochette. Face à des inférieurs, à des gens impressionnés par sa réputation de tueur, il jouait les terreurs, mais confronté à des événements qu'il ne maîtrisait pas, sa vraie nature se révélait. Ce n'était qu'un dégonflé.

Trois-Six ne répondit pas aux reproches de son «confrère» dont l'affolement ne l'étonna qu'à demi. Il sut en tout cas dès cet instant qu'il ne pourrait pas compter sur lui pour se tirer d'affaire.

– Si on est cerné, on ne pourra pas se sortir de ce guêpier... Qu'est-ce qu'il faut faire? questionna Montana, toujours aussi terrorisé.

– Oui, qu'est-ce que vous proposez, patron? demanda à son tour un grand type maigre qu'on surnommait Fil de Fer. Il appartenait à la bande de Trois-Six et lui non plus ne semblait pas avoir perdu ses moyens.

Antoine Serrati comprit que la suite reposait entièrement sur ses épaules. Il devait prendre la situation en main.

– On va filer par là, dit-il en désignant la lucarne donnant sur l'arrière du bâtiment. Les taillis ne sont qu'à quelques mètres. En deux bonds, on sera à l'abri. Ensuite, faudra courir à travers bois. Chacun jouera sa propre carte. Avec un peu de bol, on devrait pouvoir s'en tirer!

A l'extérieur régnait toujours le même pesant silence. Une longue minute passa sans que la situation évoluât. Aucun membre des deux gangs ne se décidait à entreprendre la première tentative de sortie.

Ce fut finalement Sechoukian qui précipita les événements.

– Moi, je commence à en avoir marre de cette histoire! s'exclama-t-il. J'ai une femme et deux mômes! Je ne m'en ressens pas pour jouer les Rambos! Je préfère la taule à la mort!

Sans plus attendre, il balança son automatique au milieu du hangar et sortit les mains en l'air par la porte donnant sur la cour.

Les autres le laissèrent partir sans broncher. Ils étaient toujours aussi indécis sur la conduite à suivre. La perspective de filer par la lucarne ne semblait pas les emballer.

En regardant à nouveau Dantès, Trois-Six remarqua que ses mains blanches tremblaient comme s'il venait d'être brusquement atteint par la maladie de Parkinson. Quant à Piétri, son comparse, il n'en menait pas large lui non plus.

– Je n'oblige personne à me suivre, précisa Serrati. Si d'autres veulent se rendre, ils peuvent le faire. Ça fera diversion. Moi j'en profiterai pour sortir par-derrière!

Edmond Montana accepta avec soulagement la perche que lui tendait son concurrent, car il ruminait déjà depuis un long moment de quelle manière il pourrait abandonner la partie sans perdre la face.

– Tu as raison Trois-Six... Mes hommes et moi, comme on n'a rien à se rapprocher de grave dans l'affaire de Montbéliard, on va se rendre aussi... Comme ça, tu pourras te sauver par la lucarne.

Tout en parlant, il déboutonna fébrilement sa veste, dégrafa son holster et le laissa tomber sur le sol. Son geste fut aussitôt imité par Piétri, puis peu après par Cloclo.

Sans oser regarder ceux qui restaient, raides comme des automates, les trois truands se dirigèrent vers la sortie.

Médusés par cette débandade collective, les autres les laissèrent faire sans rien dire.

La réaction ne vint pas des hommes de Trois-Six mais de Langsam qui, lui, n'avait pas suivi le mouvement. Il se mit à hurler:

– Dantès! Tu n'es qu'un enfant de salaud! Un trouillard! Une ordure! Il y a longtemps que je m'en doutais que tu n'avais rien dans la culotte!

Sa colère accentuait encore la rudesse de son accent teuton.

Ses trois complices venaient de sortir. A présent, ils levaient à leur tour les bras. Sechoukian, qui les avait précédés, n'était déjà plus visible. On ne voyait toujours pas un seul assiégeant.

– Maintenant que tu m'as mis dans la merde avec tes idées de vouloir contrôler tout le business, tu me laisses tomber, fumier! continua l'ancien légionnaire.

Il était dans une rage folle. Il poursuivit sa diatribe, mais d'un voix plus sourde, en s'adressant cette fois à ceux qui restaient à l'intérieur du hangar:

– Il le sait pourtant bien, ce salaud, que moi, je ne peux

pas me rendre! Si les flics me reprennent, je suis bon cette fois pour perpète!

– T'en fais pas mon gars, fit Trois-Six pour le calmer. On n'est pas encore bouclés. On va essayer de s'en tirer!

Il n'eut pas le temps d'en dire plus. La suite fut d'une brutalité fulgurante. Langsam se dégagea brusquement de derrière la cuve où il s'abritait. Pistolet-mitrailleur à la main, il ne fit qu'un bond jusqu'à la porte du hangar.

Le staccato de son arme déchira aussitôt le silence de la clairière. On vit des petits tourbillons de sable s'élever sous les pas des trois capitulards. En entendant le vrombissement des balles, ceux-ci prirent leur élan et, littéralement boustés comme des fusées, semblèrent s'élancer pour un cent mètres olympique. Cloclo fut le seul à ne pas être stoppé en pleine course. Bien que légèrement touché il put atteindre la lisière de la forêt, où il disparut. Par contre, les deux autres furent fauchés par les rafales.

On vit Dantès trébucher tandis que sa veste claire s'auréolait au milieu du dos d'une large fleur de sang. Il s'effondra en poussant un cri inhumain. Egalement frappé à mort, son complice Piétri voulut, de toute son énergie, de toute sa volonté, poursuivre sa route. Il fit une dizaine de pas et tomba à son tour face contre terre.

Trois-Six fut tellement surpris par la rapidité de cette scène qu'il resta un moment sans réaction au milieu du hangar. Cependant, tandis que ce drame se déroulait, les deux hommes de son propre camp n'étaient pas restés inactifs. Ils avaient avancé une caisse pour pouvoir atteindre plus facilement les vasistas situé à l'arrière du bâtiment. De ce côté, la forêt était effectivement toute proche.

Etant donné l'épaisseur des taillis, ceux qui parviendraient à rejoindre le sous-bois seraient à l'abri.

Le premier à tenter une sortie fut le nommé Fil de Fer. Il passa d'abord prudemment la tête par la lucarne et jeta un bref coup d'œil à droite, puis à gauche. Personne. Il inséra ensuite son long corps maigre dans l'ouverture et bascula de l'autre côté.

A peine venait-il d'y prendre pied qu'il fut encadré par un tir de semonce d'arme automatique. Les assiégeants montaient aussi la garde de ce côté! Impossible de leur fausser compagnie! Fil de Fer battit précipitamment en retraite et réintégra l'intérieur de la tuilerie.

Tout espoir d'évasion s'écroulait. Le flic qui parlait dans le mégaphone disait la vérité. La clairière était totalement encerclée! Une voix forte ne tarda pas à le confirmer:

– Inutile d'essayer de vous enfuire par-derrière le bâtiment. Les forces du Raid contrôlent l'ensemble du site. Ceux qui tenteront de s'enfuir seront désormais abbatus sans sommation! Vous n'avez plus d'autre solution que celle de vous rendre!

Cette fois, les gars de Trois-Six, qui avaient jusqu'ici bien tenu le coup, furent pris d'un mouvement de panique en apprenant que c'étaient les hommes du Raid qui menaient la danse. Cette unité d'élite était réputée pour son implacable efficacité. Jusqu'ici, elle avait toujours fait tomber les assiégés des Forts Chabrol de France et de Navarre. Leurs défenseurs d'étaient rendus spontanément ou on les avait sortis les pieds devant. Serrati lui-même comprit que tout était perdu. Il esquissa un geste d'impuissance. Il s'apprétait à donner à ses complices l'ordre de jeter à leur tour leurs armes et de sortir dans la cour lorsqu'un nouvel événement se produisit, qui modifia la situation.

Après avoir rechargé son pistolet-mitrailleur Langsam se remit à tirer vers l'extérieur.

Dans le camp d'en face, on entendit un cri, puis une forme sombre, restée jusque-là dissimulée dans les frondaison d'un grand chêne, se détacha de l'arbre. Elle tomba jusqu'au sol à travers les branches, comme un fruit mûr. La victime ne lâcha pas l'appareil amplificateur qu'elle tenait à la main.

– Ça y est! exulta l'ancien légionnaire. J'ai eu celui du mégaphone! Je l'ai eu!

Excité par ce succès, il déchargea une nouvelle rafale, mais cette fois au hasard en direction des sous-bois.

La riposte ne se fit pas attendre. Devant et derrière le bâtiment de l'ancienne tuilerie, une fusillade nourrie se déchaîna. Plusieurs projectiles pénétrèrent à l'intérieur par la porte toujours grande ouverte et vinrent s'écraser contre les murs.

Par réflexe, Trois-Six et ses hommes s'allongèrent précipitamment sur le sol pour éviter l'orage meurtrier. Resté seul debout au milieu du hangar, l'Allemand continuait de tirailler à travers une fenêtre dont il ne restait plus un carreau intact.

– Arrête! Bon Dieu! Arrête tes conneries! cria Serrati pour essayer de ramener Langsam à la raison.

En proie à un véritable délire meurtrier, l'ancien légionnaire ne voulut rien entendre. Rapidement, il ramassa les armes que ses complices avaient jetées avant de se rendre. Il revint se poster avec cet arsenal près de la fenêtre et sembla vouloir soutenir à lui seul une résistance désespérée.

Un silence profond s'abattit à nouveau sur la clairière où le soleil, indifférent à la folie meurtrière des hommes, continuait de darde ses rayons. A l'intérieur de l'ancienne tuilerie flottait toujours une agréable odeur d'absinthe qui aurait pu donner aux protagonistes du drame, en d'autres circonstances, de conviviales pensées. Cette odeur se mêlait à présent à celle, plus tragique, de la poudre. Trois-Six et ses gars restèrent prudemment allongés au fond du bâtiment en sachant qu'à présent ils ne profiteraient jamais de l'énorme pactole représenté par les milliers de bouteilles d'apéritif prohibé déjà conditionnées et prêtes à la vente. Craignant que d'autres policiers ne fussent postés sur des arbres, ils n'osèrent pas bouger de peur d'être les cibles de tireurs d'élite. Aucun d'eux ne se hasarda non plus à sortir un mouchoir blanc de sa poche, pour ne pas risquer de se faire flinguer sans pitié par Langsam comme il l'avait fait avec Dantès et ses complices.

Tandis que Serrati et ses hommes attendaient, dans l'anxiété la suite des événements en regardant alternativement la silhouette menaçante de l'Allemand et le rectangle lumineux de la porte par laquelle ils auraient dû sortir, un bruit insolite attira soudain leur attention. Ils ne tardèrent pas à comprendre son origine. Des balles tirées par les hommes du Raid avaient percé les parois de plusieurs cuves. L'alcool qu'elle contenaient fusait à présent en jets puissants par les trous et se répandait sur le sol bétonné du hangar.

Le grand type maigre qui avait cherché à s'enfuir par le

vasistas résuma la crainte qui traversa à cet instant l'esprit des assiégés.

– Si les flics nous balancent des grenades lacrymogènes le feu va prendre partout et on va tous cramer!

Alarmé par ces propos, Trois-Six regarda le liquide qui jaillissait des citernes et dont les flaques s'élargissaient rapidement. Il réalisa aussitôt que ce danger était encore plus sérieux que celui de la fusillade.

Jusqu'ici, pas plus que ses hommes il n'avait dégainé son pistolet automatique, comprenant que ce serait folie de s'opposer aux policiers.

Cette fois, sans hésitation, sa main plongea sous son aisselle. Il sortit son arme du holster et la pointa en direction de Langsam.

L'Allemand était toujours agenouillé sous la fenêtre par laquelle il jetait furtivement de brefs coups d'œil pour chercher à localiser les assaillants. A part les corps de ses victimes allongés dans une mare de sang sur le sol de la clairière, il ne distinguait rien. Rescapés du massacre Sechoukian et Cloclo devaient être entre les mains des flics. On les interrogeait sans doute fébrilement pour qu'ils disent combien d'hommes se trouvaient encore à l'intérieur de la tuilerie et de quelle sorte d'armement ils disposaient?

Quand il eut Langsam au bout de sa ligne de mire, Trois-Six eut un instant d'hésitation au moment de presser sur la gâchette. Non pas parce qu'il craignait de manquer sa cible, mais parce que, jusqu'à ce jour, il n'avait jamais tiré dans le dos d'un adversaire.

Le premier projectile ne sortit pas de son pistolet

automatique, mais de celui de Fil de Fer qui venait d'avoir la même idée, le même réflexe de survie que son patron.

L'ancien légionnaire fut atteint à l'épaule. Il sursauta comme s'il venait de recevoir une décharge électrique. Il se retourna, se redressa vivement pour faire face au nouveau danger qui le menaçait. Comprenant qu'il était trahi, la haine lui donna la force de braquer son propre pistolet-mitrailleur contre ses agresseurs.

Il n'eut pas le temps de tirer. Trois-Six l'abattit froidement d'une balle en plein front. Langsam s'écroula d'un bloc et son sang se mêla aussitôt au flot de l'alcool qui continuait de s'écouler sur le sol du hangar.

Quelques instants plus tard, un mouchoir blanc attaché à un bâton fit son apparition à la fenêtre de l'ancienne tuilerie, marquant la fin définitive des hostilités.

FIN

ŒUVRES D'ANDRE BESSON

Editions Mon Village S.A.

LES ROULIERS DE LA BÉRÉZINA, roman (2e édition)
L'INCONNUE DU VAL PERDU, roman (3e édition) Téléfilm diffusé par France 3 et Arte, réalisation Serge Meynard. Cassette Audio VDB.
LA ROCHE AUX FOUS, roman (3e édition) En gros caractères VDB.
LA GROTTE AUX LOUPS, roman. Prix international du roman du Terroir (14e édition). Paru en langue allemande: «Die Wolfshöle». Téléfilm diffusé par TF1, RTB, TSR... réalisation B. Toublanc-Michel.
LE VILLAGE ENGLOUTI, roman. Prix Emile Zola (14e édition). Paru en langue allemande: «Das Versunkene Dorf». Série en 30 épisodes diffusée par TF1 et les TV européennes, réalisateur L. Grospierre.
LE BARRAGE DE LA PEUR, roman. Prix de la Société des Gens de lettres de France (8e édition).
LE LOUP-GAROU DE LA VALLÉE DES ANGES, roman (4e édition).

LES RANDONNEURS, roman. Grand Prix du roman policier (6e édition).
LE VOYAGEUR DE L'OUBLI, roman (3e édition).
LE SECRET DU COLPORTEUR, roman (4e édition).
LA DERNIERE NEIGE, roman. Prix Fraternité Humaine (5e édition).

Les titres des autres ouvrages d'André Besson parus aux Editions Mon Village S.A. se trouvent sur le rabat de la jaquette

Editions France-Empire

VICTOR HUGO VIE D'UN GÉANT, biographie (3e édition).
LES GRANDES ÉVASIONS DE LA SECONDE GUERRE MONDIALE, histoire.
LES TRENTE JOURS DE BERLIN (avril-mai 1945) (3e édition).
LES MAQUIS DE FRANCHE-COMTÉ, histoire. Prix Victor Moritz (8e édition).
UNE FILLE DE LA FORÊT, récit. Prix des Ecrivains de langue française. (8e édition).
CONTES ET NOUVELLES DU PAYS COMTOIS, contes. Cassette audio VDB.
LA LOUVE DU VAL D'AMOUR, roman. Prix Louis Pergaud (9e édition) Téléfilm diffusé par France 3, réalisation J.-R. Cadet. Adapté par l'auteur pour le théâtre et des spectacles «Son et lumière».
LE CRÉPUSCULE DES MAUDITS, roman (2e édition).
CONTREBANDIERS ET GABELOUS, histoire (3e édition). Série en 6 épisodes diffusés par France 3, réalisation J. C. Morin.

MON PAYS COMTOIS, récits. Prix Georges Goyau de l'Académie française (9e édition).
MALET, L'HOMME QUI FIT TREMBLER NAPOLÉON, histoire (2e édition).
JUSTE AVANT L'AURORE, roman (2e édition).

Editions Cêtre

NOS ANNÉES D'ESPERANCE 1939-1944, journal (2e édition)

Editions Larousse

LA FRANCE ET SES TRÉSORS, livre d'art.

Nouvelles Editions Latines

MARIE DE BOURGOGNE, biographie (6e édition).
MARGUERITE D'AUTRICHE, biographie. Prix de la Ville de Dijon (5e édition).

Editions Ouest-France

AIMER LA FRANCHE-COMTÉ, tourisme, histoire, (6e édition). Paru en langue anglaise: «Wonderful Franche-Comté»; en langue allemande: «Liebenwerte Freigrafschaft».
LÉGENDES ET NOUVELLES ANIMALIÈRES DE FRANCHE-COMTÉ

Editions Lelouch-Art et lumière

BÊTES EN LIBERTÉ, livre d'art illustré par Pierre Duc.

Editions Com'Art

JURA DES VILLES ET DES CHAMPS, livre d'art illustré par Pierre Duc.
EAUX VIVES EN FRANCHE-COMTÉ, livre d'art illustré par Pierre Duc.

Editions Cabédita

LA FABULEUSE HISTOIRE DU SEL, histoire. Adapté par l'auteur en spectacle «Multivision panoramique».

Editions Erti

L'ÂME DE FEU, théâtre. Pièce en trois actes représentée dans plusieurs villes françaises et étrangères.

André Besson est également l'auteur de nombreux romans policiers parus sous les pseudonymes d'Alex Barner, d'André Frambois et sous sa signature, parus aux Editions Fleuve Noir – Hachette – Eurédif – Le Caribou – Presses de la Cité.

L'impression et le façonnage
de cet ouvrage
ont été effectués
à l'Imprimerie LUSSAUD
85200 Fontenay-le-Comte

Dépôt légal 3e trimestre 2003
n° 3582
N° d'impression : 203103

Dessin et graphisme de la jaquette:
BSR Communication.www.bsrcom.ch
Matthieu Boser